JN052888

集英社オレンジ文庫

これは経費で落ちません！ 11

～経理部の森若さん～

青木祐子

本書は書き下ろしです。

【登場人物紹介】

森若《もりわか》沙《さ》名《な》子《こ》

経理部主任。過不足ない完璧な生活を目指している。座右の銘は「ウサギを追うな」。

山田《やまだ》太陽《たいよう》

営業部のエース。沙名子とつきあっている。大阪営業所に異動した。

佐《さ》々《さ》木《き》真《ま》夕《ゆ》

経理部員。沙名子の後輩。愛社精神に溢れているが、ケアレスミスも多い。

麻吹《あさぶき》美《み》華《か》

経理部員。中途入社で沙名子より三歳年上。好きな言葉は「フェアネス、コンプライアンス、ウィンウィン」。

田倉《たくら》勇《ゆう》太《た》郎《ろう》

経理部課長待遇。沙名子の先輩。大きな体に似合わず神経質な一面もある。

岸《きし》涼《りよう》平《へい》

経理部員。もとトナカイ化粧品の社員。

イラスト／uki

第一話
指輪を買う

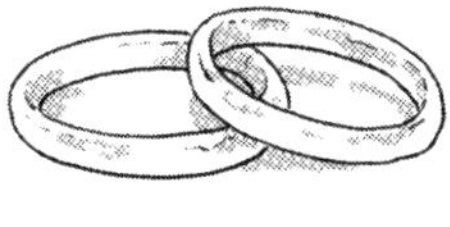

冬の朝である。

少し寒くて沙名子《さなこ》は目を覚ました。慣れ親しんだ自分の部屋のロフトが妙に狭く、愛用の毛布と羽毛布団の幅が足りない。仕事行かなきゃ――と夢うつつで考えかけ、そういえば連休だったと思い出す。今年はクリスマスに休みを取ったのだ。同時に、背中に熱く重いものが張り付いていることに気づき、一気に覚醒《かくせい》した。

沙名子は無理やり目を開き、毛布をはねのけて布団の上に正座をする。

な、なぜ太陽《たいよう》がここにいる――からの、そうだ婚約したんだ、今日は太陽が泊まっているのだと思い出すまでが二秒ほど。頭に血が上ったかと思ったら背筋が冷えて、心臓に悪い。

太陽は冬だというのにTシャツとジャージの姿で、安心しきって眠っていた。ジャージのズボンがずれ落ちて腹が出ているし、髭《ひげ》も少し伸びている。額《ひたい》には小さなニキビが浮いている。二十九歳にもなって脂《あぶら》っこいものばかり食べているからだ。

……寝起きなんて誰でもこんなものだろうが。

自分だって寝顔に自信があるわけでもない。

このマンションに住み始めたのは三年前――二十七歳のときだった。実家からでも通勤はできたが、何かを変えなければという衝動が突如《とつじょ》として湧き上がり、勢いでひとり暮らしを始めた。

ロフトつきの部屋だとベッドを買わなくてすむのでありがたかった。あのときは誰かが自分の部屋で、しかも同じ布団で眠るなどと考えたこともなかった。

ロフトは狭いので、太陽を泊めるとどうしてもくっついて眠ることになる。布団は一組しかないし、沙名子の部屋にはソファーもない。毎日だととてつもないストレスのような気がするが、こういうのは慣れるものなのか。

とりあえず結婚しても絶対にダブルベッドにはすまいと決意しながら、沙名子はロフトを下りる。

部屋のすみには太陽が持ってきた二泊分の荷物が置いてあった。大阪土産《みやげ》のお菓子とお好み焼きの粉はキッチンカウンター。流しには夕食の洗い物が伏せて置いてある。

昨夜の夕食はデパ地下のローストビーフだった。食べたあとの皿は太陽が洗った。洗い方は雑だが許せる範囲だ。

結婚が決まったからには、何につけてもシミュレーションになる。特に衛生観念には目をつぶってはならない。

大阪の太陽の家に泊まるときはだいたい沙名子が皿を洗っている。料理も作ったし、風呂掃除もした。無料で泊めてもらうのだからある程度の労働力を提供するべきだと思った。

太陽もそういう意識でいてもらいたい。

洗濯機をまわし、お湯が沸くのを待つ間に顔を洗って着替える。軽く化粧もする。時間を見ると午前九時だった。休日でも八時には起きるのだが、深夜まで起きていたせいか遅くなった。普段は紅茶なのだが、太陽に合わせてコーヒーを淹《い》れることにする。

家で朝食を食べるなら余ったフランスパンで何か作るところだが、どこかで朝昼兼用の外食をしてもいい。婚約して初めてのクリスマスだし、太陽はイベント好きなので何か考えているかもしれない。沙名子も太陽にコートを買ってやりたいのである。

太陽は着るものにこだわりがない。ずっと同じ学生のようなコートを着ているが、そろそろそろもう少しいいものを身につけてもいいと思う。

このままでは予定が立たない。昨日のうちに訊《き》いておけばよかった。

外出をするにしろ、洗濯物を干してからである。これは太陽に手伝ってもらいたくない。

太陽は昨日、風呂に入ったあと掃除をすることはなかった。新幹線の中で食べたお菓子の空箱を、当然のように沙名子の部屋のゴミ箱に捨てた。太陽は沙名子の家はきちんとしていると喜んでいたが、このホテルは綺麗《きれい》だと言われているようで嬉《うれ》しくなかった。

結婚後に家事にフリーライドされたくない。伝票を片手にチラチラと経理部員を見ながら、俺忙しいんだよなあとつぶやく営業部員しぐささを許してはならない。

沙名子はコーヒーの入ったマグカップを手にしてテーブルの前に座った。洗濯を待つ間に読みかけの小説を読もうかと思ったが、ロフトで太陽が眠っていると思うと集中できない。

テーブルの上には、昨夜、沙名子が太陽に渡したエクセル表のプリントが置いてある。メールでＰＤＦも送った。太陽が了承したらスプレッドシートにしてクラウドにあげる予定である。

沙名子と太陽は遠距離交際中である。東京と大阪。会う機会は少なくはないとはいえ、結婚という大イベントを決断した以上、担当を決めてお互いに進捗《しんちょく》を把握しながらすすめていくのが効率がいい。

いや、そんなの、なんとなくでよくね？　できるほうがやって、何かあったら相談すればいいし。

昨夜、太陽はそう言ってうやむやにしようとした。すべてがすぐに決められることではないので先送りになるのは仕方がないが、できるほうがやるという意見には賛同できない。家事能力も事務能力も沙名子のほうが高いのだ。相談した結果、嫌だと言われたらその後は太陽が責任を持ってやってくれるのか。やらないなら言わないでほしい。

とはいえ全部を沙名子が決めるわけにもいかない。太陽にとっても結婚したら新しい生活が始まるのである。だからふたりで段階を踏んで決断することが必要で、そこから説得しないといけないのがうっとうしい。ひとりでやったほうがよほど早い。

洗濯が終わっても、まだ太陽は起きてこなかった。外出をしないのならもう一回洗濯機をまわして、シーツと枕《まくら》カバーを洗ってしまいたいのだが。決められなくてイライラする。

太陽は今月、有給休暇を沙名子に合わせて取るために、無理をして仕事をしていた。疲れているのだろうと思う反面、たたき起こしたくなる気持ちはおさえられない。沙名子だって約一カ月前まで税務調査で、毎日のように深夜残業をしていた。それでも力を振り絞って家事をしたたし、誰かに甘えようとは思わなかった。

いっそ先に朝食をとってしまおうかと思いながらベランダで洗濯物を干していたら、のそのそとロフトから太陽が下りてくる気配がした。

目を覚ますと、隣に沙名子がいないことに気づいた。

部屋にはかすかにコーヒーの香りが漂っている。太陽はうっすらと目を開け、毛布を抱きしめながら転がって、沙名子のひとり暮らしの部屋を見下ろす。

沙名子らしく物の少ない、大きな家具のない部屋である。沙名子はテーブルに向かい、猫の形をしたマグカップでコーヒーを飲んでいた。テレビだけは大きいが、ついていない。スマホは部屋のすみの整理棚の上で充電器とつながれたままである。

ビーズクッションを背にしてぺたんと座った沙名子は小さな少女のようである。本を読もうとしているが集中できないようで、少し困ったような顔でロフトを見上げた。太陽は慌《あわ》てて寝たふりをする。起きてくるのを待ちかねていると思うと可愛《かわい》い。

沙名子が、うちに泊まる？　と言ったときは驚いた。それまでは、自分の部屋に他人は入れない、東京出張があってもホテルを取ってと言われていたのである。

結婚するわけだしなと太陽は思い、にやにやする。

結婚したら一緒に暮らすことになる。沙名子は家事は完璧だし、料理もうまい。共働きだから収入は倍になる。念願だった車も買えるだろう。そのうち子どもも生まれるだろうが、自分に似ても沙名子に似てもなんなら似なくても、可愛いことは決まっている。

いつからか、いずれは沙名子と結婚するのかなとぼんやりと思っていた。ずっと先のような気がしていたが、実際こうなるとプロポーズしてよかったと思える。綺麗で広い部屋、美味《おい》しい食事、かたわらには沙名子である。

洗濯機の電子音が鳴った。沙名子は本を置いて立ち上がり、洗濯物を手にして戻ってきた。これから干すらしい。クリスマスであっても太陽が泊まっていても、いつも通りに家事をするのが沙名子らしい。

沙名子がベランダに消えたタイミングで、太陽は起き上がった。ロフトから下りてベランダに行く。

「おはよう」

「おはよう。コーヒーあるよ」

沙名子は洗濯物を干しながら、甘さのかけらもない声で答えた。

「うん飲む。俺がいるときくらい洗濯しなくていいのに」

「今日も泊まるでしょ。ためたくないの。太陽も洗濯物あるなら出して」

「うん」

「ワイシャツは近くにクリーニング店があるから、必要なら持っていって。次に来るまでに引き取っておくわ。アイロン貸してもいいけど、太陽は店任せだよね。朝食はどうする？　食べに行くならすぐ行くし、もし家で食べるなら作るけど」

沙名子は慣れた手つきでタオルをピンチに止めている。アイロンをかけるとは言ってくれないわけである。

「そうだなあ。じゃ家で食べようか」

太陽は言った。クリスマスだし、人のいるところに行きたいような気もするが、ここは沙名子の手料理の朝食を味わいたい。

「じゃ干し終わってから作るわ。着替えていて。──何？」

抱きしめようと手を伸ばしたら不思議そうに訊かれた。太陽はすごすごと部屋に戻る。

キッチンへ行くと昨日洗った皿は食器棚に片付けられていた。適当なマグカップにコーヒーを注ぎ、飲みながらなんとなくスマホを見る。沙名子にはああ言ったが、天気がいいことだし、どこかへ行ってもいいと思う。昼間に遊びに行くなら、夜は早めに帰ってきてイチャイチャしながらゆっくりできる。

沙名子がキッチンにやってきた。冷蔵庫からバターと卵を取り出す。

「あのさ、やっぱり外行かない？　指輪とか見たいだろ」

ふと思いついて言ってみた。

昨夜、沙名子から見せられた結婚へ向けてのタスク表に、結婚指輪、婚約指輪を買う。または買わない。という一文があったのを思い出したのである。

タスク表はＡ４の紙一枚分である。結婚の了解が取れたあとで作成したらしい。ＰＤＦをメールで送っておくから、冬休みまでに読んで回答してと言われた。

沙名子は手を止めた。

「指輪」

「そう。今日は買わなくても、見るだけ見てみない？　どっちみち買うんだし」

「太陽は結婚指輪、つけたい人なの？」

あー沙名子は脳内であのリストの欄にチェックを入れてるなと思いながら太陽はうなずく。嬉しい！　ありがとう太陽！　と恥じらいながら言われることを望んでいなかったと言ったら嘘《うそ》になるが、これで引いていたら沙名子の夫にはなれない。

沙名子は好きなブランドがひとつある。ハリー・ウィンストンでもカルティエでもヴァンクリーフ&アーペルでもなく、京都の彫金屋から派生した貴金属ブランドである。太陽はネックレスとイヤリングを贈ったことがある。そこそこの値段はするが、まずはその店に行ってみることになるだろう。沙名子には透明度の高いダイヤモンドが似合う。

「つけたいっていうか、沙名子にはつけてほしいかな」

「わかった。支度する。三十分待って。昨日の残りのフランスパンでフレンチトースト作ろうと思ってたけど、明日にするわ」

「フランスパンのフレンチトースト？　なんか美味しそうだな。それもいいな」

沙名子はいったん出しかけたフランスパンを袋に戻そうとしていた。足をとめ、何かを決意したかのように太陽を見つめる。

「太陽は外で食べたいの、家で食べたいの。どっちなの」

ただならぬ迫力に、太陽はやや怯《おび》えた。

「――フレンチトーストを家で食べて、食べたあとで外に行くとか？」

「ファイナルアンサー？」

「ファイナルアンサー」

「了解。もう変更はなしよ。いいね」

稟議書《りんぎしょ》に印を捺《お》されたような気がした。沙名子はフランスパンを切り、卵をボウルに割り入れる。華麗な手さばきに太陽は見とれた。


結婚指輪は買う。婚約指輪は買わない。

沙名子は手元のリストにチェックを入れる。

太陽が結婚指輪にこだわるのは意外だった。そういえば太陽からは去年、誕生日とクリスマスにネックレスとイヤリングをもらっている。貴金属を贈るのが好きなのかもしれない。

「結納かあ……。考えたこともなかったな……」

太陽はテーブルの下に足を投げ出してフレンチトーストを食べている。太陽が美味しい

美味しいと喜ぶので、沙名子の分を半分あげた。甘いものが好きなのはいいが、健康診断の数値は大丈夫なのか気になる。

　太陽はいつもの赤いパーカーにデニムの姿である。タスク表の紙はろくに見もしないでビジネスバッグの中に入れた。クリスマスが終わったらいったん大阪に帰り、お正月になったらまた来ることになる。それまでに検討してほしいのだが、ちゃんと読んでくれるかどうかわからない。

「じゃ結納はなしね。わたしもそのほうがいい。どっちかが養子になるわけでもないし。うちの親は、そういうのはわたしに任せると思うわ」

「うん、それでいいよ」

「代わりといったらなんだけど、家具家電、結婚にかかるお金は折半《せっぱん》でいいかしら。住居は賃貸ということになるかな。どちらかの家に同居というのはわたしは考えてない」

「あー、うん。そりゃそうだ」

「了解。なら住まいを探す時間が必要ね。帳簿はわたしが作って管理するってことでいい？　どちらも見られるようにしておくから。太陽がやりたいならそれでもいいけど」

「その都度半額出すとかじゃダメなの？」

「いいよ。そうであっても、何にいくら使ったかをわたしは記帳する。それを帳簿と呼ぶの」

「なるほど。じゃそれは頼むよ」

「Ｓｌａｃｋ《スラック》とクラウドのスプレッドシートを使いましょう。入力はどちらでもいい。まずは都度折半、慣れてきたらほかのやりとりを検討。新しい通帳を作って同額を入れて、そこから使うのでもいいし。交通費がけっこうかかると思うわ」

「俺の新幹線代も割り勘でいいの？」

「私費で来る場合はね。今回のもわたしが半額出すよ。東京出張のときもうちに泊まって、できるものは節約する。お正月にお互いの親に挨拶《あいさつ》するのはＯＫ？」

「う……ん、俺まだ、自分の親に言ってないんだよな」

「わたしも言ってない。――言いましょう」

口に出すと、肩に重いものが乗ってくるような気がする。

沙名子の実家は都内である。このマンションからも電車で数駅、実家からでも会社に通える距離だ。実際に頼ることはそうはないものの、家族の仲は悪くないし、いざとなれば帰れる実家があるというのはひとり暮らしをする上での安心材料だった。

両親は太陽を気に入るだろう。気に入らない要素がない。母親と弟は沙名子に彼氏がいることは勘づいているし、ここは思い切るしかない。決めたからには、なんでもどこかで行動に移さなくてはならないのである。

「うち、正月はばあちゃん家《ち》に親族が集まって箱根《はこね》駅伝のテレビ見るんだよ。神奈川だからさ。みんな楽しみにしてるの。空けてもらえるかなあ」

太陽は暢気《のんき》に言っている。そういう情報を尋ねているのではない。そもそもひとり息子が婚約者を紹介するという局面で、見たいテレビを優先するものなのか。そういう家庭なのか。

「別の日でもいいけど、そうなると休日の予定を合わせ直すことになる。太陽は大阪からまた来ることになるし、効率が悪いと思う。お互いの家の了解が取れないと次に進めないわけだし。それとも何か、わたしに反対される要素がある？　釣書《つりがき》みたいなのが必要なら作るけど、その場合は太陽も作って」

沙名子が言うと、太陽は首を振った。

「そういうのいいよ。俺もいい歳《とし》だし、沙名子に欠点なんてない。なさすぎてびびるわ。彼女を家に連れていったことなんて、高校のとき以来だけど」

太陽はこんなときにうっかり口を滑らせた。そうか太陽は高校のときに実家に彼女を連れていったのかと思いつつ、口には出さないことにする。

「集まってテレビを見るってことは、ご両親がそろって休みではあるわけでしょう。箱根駅伝は昼すぎに終わるから、二時か三時くらいからでもいいわよ。それでもダメなら次の土日かな。うちは初詣《はつもうで》に行く以外はのんびりしているから、お正月はいつでも大丈夫だと思う。まず太陽に訊いてもらって、そのあとでわたしが親のアポを取るわ」

「アポ……そうか……そうだよな……うん」

「気が進まないのはわかるけど。わずらわしいけど絶対にやらなきゃならないことは、まとめて一気にやってしまったほうがいいのよ」

「うん……。わかった……」

「結婚の時期をいつにするか考えてる？　挨拶までに決めておいたほうがいいと思う」

沙名子は尋ねた。

太陽とすりあわせなければいけないことは多い。優先度が高いのは時間と場所だ。遠距離交際でなければさほど変わらずにいられるのだが、離れて住んでいるので検討することが多いのだ。

太陽が天天《てんてん》コーポレーションの大阪営業所勤務になってから九カ月。東京発議の事業に伴う一時的なもので、吉村《よしむら》部長からは二年か三年と言われている。つまり最短で東京に帰ってくるのがさ来年の三月——一年と三カ月後になる。

とはいえ上司の口約束などあてにならない。本社営業部と大阪営業所とは確執がある。

太陽は大阪でも役に立っているし、向田《むこうだ》所長がやらんと言い、吉村部長が了承したらそれで終わりである。

となると選択肢はいくつかに絞られる。

沙名子にとってはキャリアの問題でもある。決断すれば結婚と同様、またはそれ以上に今後の人生に関わってくる――。

「――あ、届けを出すのは俺、決めてるから。来年の九月。新幹線の中で考えたの」

太陽はあっさりと手を振った。フレンチトーストにメイプルシロップをたっぷりとかけ、ナイフで切って口に入れる。さきほどまでのためらいぶりが嘘のようにきっぱりしている。

「九月？　なんで」

沙名子は尋ねた。

「なんでって」

「準備期間が必要なのはわかるけど。九月って夏休み明けで、半期決算が近いから、少し忙しいのよ。もしかして異動の確約が取れてるの」

「そうじゃなくて。俺が三十歳になるから」

「三十歳？」

沙名子はつぶやいた。女性が二十代のうちにというのはわかるが、なぜ三十歳――と思いかけて言葉を止める。

太陽は現在二十九歳、八月の誕生日で三十歳になる。

そして沙名子は十月に三十一歳になる。

太陽は、誕生日が来ると沙名子と同い年になるから嬉しいと言ったことがある。九月は、太陽と沙名子が同じ年齢になる、一年に一回の時期なのである。

「あ——そういうことか……」

「ほら、結婚したらあとあと話したりするわけじゃん。何歳のときに結婚したのとか。ふたりとも三十歳のときって答えたいじゃん。結婚何周年の計算もしやすいし」

「……その考えはなかったわ」

沙名子は未来に誰かから（誰からだ）尋ねられたときのことを思い浮かべる。何歳のときに結婚したの？　ふたりとも三十歳のときよ。——そんな機会があるのか？　太陽は自分が年下であることを気にしていたのか。お互いのキャリア以上に重要なことだとは思えないが、太陽にとって大事なら尊重しなくてはならない。

「——わかったわ。九月に結婚するのを目指しましょう。八月だけど、太陽の誕生日でもいいよね」

「え、結婚記念日が俺の誕生日でいいの」

「目安として。日付が決まっていたほうがわかりやすいから」

太陽は顔を輝かせている。何が嬉しいのかわからないが、記念日がひとつ減ればこの先楽だろう。九カ月というのは準備期間としては順当だ。

「八月か九月ということは、太陽はまだ大阪だよね。異動の話はなし？」

「ないよ。もともと二年か三年て言われてるから、そのつもりでいる」

「ということは東京に戻ってくるまで九月から半年ある。一緒に暮らすためにはわたしが会社を辞めることになるね」

沙名子はつとめて事務的に言った。

このあたりは何回も考えた。結婚して同居するためにはどちらかが移動しなければならない。

沙名子が大阪に異動願を出すとなると、あの狭い大阪営業所で太陽と顔を合わせて仕事をすることになる。それは気まずいし避けたい。太陽を早めに東京勤務にさせてもらう、沙名子がリモートで仕事をするなどの手段もないことはないが、どちらにしろ、会社に事情を説明せねばならない。二年の予定を私事で切り上げるのは太陽の評価が下がるし、人事にとってもわずらわしいだろう。会社のお荷物にはなりたくない。

営業部員と経理部員が夫婦でいるのは会社にとって望ましくない。となるとどちらかが他部署に異動になることも考えられる。太陽はともかく、沙名子は経理部以外でやっていける自信はない。

一番手っ取り早いのはどちらかが転職すること。そういう結論になった。そして、転職するのは太陽ではなく沙名子になる。

「――辞める！　なんで！」

太陽は本気でびっくりしていた。

沙名子にとっては意外だ。指輪のブランドよりも、結婚周年の計算しやすさよりも、結婚後のキャリアについて考えておくべきではないのか。

「太陽は天天コーポレーションが好きでしょう。うちは業績も給料もそこそこいいから、辞める理由がないわ。転職するなら営業よりも経理のほうが簡単。経理経験が七年あって主任になっていれば、転職市場ではまあまあ評価してもらえると思う」

沙名子は言った。

見知らぬ土地で転職活動するのはどうかと思ったが、あちこちを検索し、転職に関する本を読んだらイメージが固まった。経理はどこの会社でも必要な部署だし、やることが同じなので経験を評価されやすい。要はつぶしが効く――汎用《はんよう》性が高いのだ。

望んで経理部員になったわけではないが、向いているとは我ながら思う。ここまで働いたからにはプロフェッショナルを目指すしかない。

　リモートで働ける会社を探してから大阪に引っ越してもいいし、いったん非正規社員として働いて、太陽の本社異動が決まったら転職活動をしてもいい。この機会に別の業種の会計処理に関わってみるのもいいかもしれない。どこかで妊娠したり、太陽の転勤で辞めることになっても、フリーランスのキャリアを積んでいれば柔軟に働ける。

「え、いやちょっと待って。沙名子は天天コーポレーション好きじゃないの」

　太陽はフレンチトーストを無理やり飲み込み、早口で言った。

「好きよ。いい会社だと思ってるよ。でも遠距離だったらどちらかが辞めるしかないでしょう。まさか新婚から単身赴任って思ってるわけじゃないよね」

「いやそれ思ってた。一年か二年後には東京帰れるんだから、そこから同居でよくない？」

「帰れるかどうかわからないよ。吉村部長と向田所長は仲悪いし、うちの人事異動はけっこう突発的だから。海外進出の話もあるし、次は九州かもしれない。太陽は初めての場所の販路を開く要員でしょう」

「沙名子がいなくなったら、うちの経理部どうなるんだよ」

「どうにでもなるでしょう。会社なんだから。勇《ゆう》さんも美華《みか》さんもいるし」

「やめてくれよ。俺が田倉《たくら》さんに殴られるわ」

「勇さんがそんな……まあちょっと荒っぽいところはあるか。そのときは諦《あきら》めて殴られて」

「無茶言うな。いやマジだって。俺、考えてなかった」

「じゃ太陽が転職する？」

「それもダメ。どうしよう」

沙名子は呆《あき》れた。それはこちらの台詞《せりふ》である。太陽が変わる気がないなら、犠牲を払うのは沙名子のほうなのだ。

結婚すると言えばなんとかなると思っていたのか。会社を信じすぎるなと怒りたい気分だが、怒ったら結婚が延期になりそうでためらわれる。太陽はただでさえ逃げ腰だ。追い詰めてはならない。

「――わかった。このことは未決で保留にしましょう。これから交渉の余地があるかもしれないしね。どちらにしろ、今のところは太陽を辞めさせようとは考えてない」

「そうしてくれる？」

太陽はほっとしている。保留にしてもいつかは考えなくてはならないことなのだが。

沙名子はタスク表に未決と書き込み、別の欄に指を滑らせる。

「――じゃ次に移りましょう。個人のお金のことね。こっちも大事だと思う。前提として知っておきたいんだけど、太陽は奨学金の返済はある？」

沙名子は尋ねた。太陽は慌てたようにコーヒーを飲んだ。

「――奨学金、ないよ」

「わたしもない。よかったわ。借金とローンもないよね。貯金はお互い見せ合う？　結婚前の貯金は個人のものだからお互いには関係ないんだけど、だいたいの金額だけ教え合いましょうか。わたしの貯金はドル建ての投資商品が多いんだけど」

太陽はコーヒーにむせそうになっている。タスク表の全部にこういう反応をするつもりなのか。だから、ゆうべのうちに読んでおいてほしかったのに。

もう話し合いは諦めて、上意下達の形式にしたほうがいいのだろうか。そうなると沙名子が太陽の上司ということになる。沙名子のほうが年上だし、会社での役職も上だからいいのかもしれないが、それこそが太陽の望まないことではないのか。

太陽は頭を抱えている。貯金はともかく給与明細はお互いに見せ合うべきか。同じ会社の一年違いなので大して変わらないが、沙名子はその気になれば太陽の給与明細も社内財形貯蓄も見られるわけで――見ないが――太陽だけ見られないのはフェアではない。

穏やかで優しく、物腰柔らかく相手を丸め込んでいく税務調査員の女性を思い出した。彼女は結婚指輪をつけていた。どうにも沙名子にはああいうスキルはない。努力して身につけられるものなのか。収入よりも家事能力よりも、結婚生活に必要なのはああいったものかもしれないと思う。

……なんでこうなった……。

太陽はキッチンで餃子《ぎょうざ》を作っていた。

沙名子の作った朝食は美味しかった。昨日の残りのローストビーフのサラダ、クルトンの浮かんだオニオンスープ、フランスパンのフレンチトースト。本来は卵液をひたす時間が必要だが、電子レンジを使えば時短でできるらしい。沙名子は家でフレンチトーストを食べるときもナイフとフォークを使うのだなと思い、結婚したら毎日これが食べられると浮かれていた。

沙名子が「結婚するまでにやるべきことのタスク」の話を始めるまでは。

沙名子は今、掃除機をかけている。

太陽がキッチンで作業をしている間にやってしまうと言っていた。シーツと枕カバーもいつのまにか剝いで洗濯をしている。出かけるのは洗濯機が止まって干し終わってからなので、それまでの間に夕食の下ごしらえを頼まれた。

夕食は餃子でいいかと言われて、もちろんと答えたのは太陽である。餃子は太陽の好物のひとつだ。ひとりで三十個食べたことがあるのを沙名子は覚えていた。

太陽が食べたいのは沙名子が作った餃子である。または持ち帰りか冷凍の餃子を家で温めたものである。作るとしても沙名子がメインで、自分は沙名子に言われるまま、ふたりで楽しく料理をするものと思っていた。

沙名子は冷蔵庫から豚の挽肉《ひきにく》とニラとキャベツと餃子の皮を出し、ボウルに並べて調理台に置いた。わたしが掃除をしている間、これで餃子を包んでおいて。作り方を知らないと言ったら、調べれば出てくるよと言った。そしてさっさと掃除にかかってしまった。

太陽はスマホで餃子の作り方を検索した。ニラとキャベツを刻み、豚の挽肉と一緒にボウルで混ぜる。作り方では餃子二十五個に対して肉は百五十グラムとあるが、肉は二百七十グラムである。しかし餃子の皮は五十枚。これは五十個作れということなのか、それとも肉に合わせて四十五個にするべきなのか。五十個も作ってふたりで食べられるのだろうか。いや俺は食べられるけれども。

「――沙名子、餃子、いくつ作るの」

迷った末、太陽は沙名子に声をかけた。洗濯機が鳴り、沙名子はシーツと枕カバーを取り出している。

「あるだけでいいよ」

「餃子の皮、五十枚入りなんだけど」

「全部作っちゃって。余ったら冷凍するから」

「皮のほうが余りそうなんだけど」

「いいわよ、余ったら余ったで」

「調味料とか包丁とか使っていいの」

「いいよ」

「ニンニクとかあるの」

「冷蔵庫にあるけど、見当たらなければなしでいいわよ」

沙名子はうるさそうに答え、シーツを抱えてベランダに行ってしまった。

キッチンには来そうもない。根負けしてやってくれないかと思ったが甘かった。

よくわからないまま太陽はボウルに餃子の種を作った。スマホの動画を見ながら皮に包む。やってみると思っていたよりも面白いが、どうにもこれじゃないという気持ちがある。

沙名子はさきほど、とんでもないことを言った。天天コーポレーションを辞めると。

太陽にとっては青天の霹靂《へきれき》である。

沙名子はまさかの専業主婦希望、いやパート主婦希望だったのか。それならばなぜ太陽に家事をやらせようとするのか。わからない。

沙名子が会社を辞め、太陽はこれまで通り働き、家事までやらなければならなくなるのなら、むしろ今より生活レベルが下がるのではないか。

ぼんやりと描いていた結婚への未来像が崩れていく。

沙名子は仕事ができる。ひとつ上なだけなのに、太陽が入社したときからベテランのようだった。営業部の不備を指摘されたことは何回もあるし、吉村部長も新発田《しばた》部長も一目置いている。辞めさせるわけにはいかない。会社のため、太陽の車のため、勇太郎《ゆうたろう》や真夕《まゆ》に殴られないため、ほかのことは譲っても、退職だけはなんとしても回避しなければならない。

「太陽ありがと。シーツ干し終わった。行く前に野菜茹《ゆ》でておくわ」

「うん……」

「餃子上手ね。夕食はこれと温野菜サラダでいいかな。太陽、餃子を焼くのはうまいって言ってたよね」

「焼くくらい別にいいけどさ……。俺、沙名子の手料理食べたいんだよなあ」

太陽は思い切って言った。

沙名子は目をぱちくりさせて太陽を見ている。鍋《なべ》に水を張り、ブロッコリーとにんじんを取り出す。

「さっきのフレンチトーストじゃダメなの」

「あれめっちゃ美味しかったよ。沙名子のほうが絶対に俺より料理うまいって」

「そんなことないよ。レシピ通りに作れば誰でもできる。上手なほうがやるってことにしたら、下手《へた》なほうがいつまでたってもうまくならないでしょ」

沙名子は太陽に教え諭《さと》すような言葉になっている。そういえば沙名子のタスクのどこかに、家事の分担を決めるというのがあったような気がする。太陽のほうが沙名子よりうまいことも何かあると思うが思いつかない。

「――俺、親が共働きだからさ。小さいころにおばあちゃんの家に預けられていたわけよ。従兄弟《いとこ》とかいたから平気な顔してたけど、けっこう寂しくてさ。だから、母親の料理みたいなのに憧れがあるんだよなあ。俺のために作ってくれたごはん、みたいなの」

こうなったらと太陽は鉄板のネタを出した。小さいころに寂しかったと言えば、だいたいの女性はほろりとくるものだ。沙名子に対して使ったことはなかったが。

「憧れがあるなら、その憧れを自分がやればいいんじゃないの。人にやらせるんじゃなくて」

「沙名子、俺の家に来たときには料理してくれてたじゃん！　なんで自分の家なのにやらないんだよ！」

「太陽も準備してくれてるわけだし、泊めてもらうからには料理くらい作るものだと思ったの。間違ってたかな。太陽はどう思う」

　これはトラップだと思った。そのとおりだと言えば、沙名子の部屋に太陽が来たときは太陽が料理すべきということになる。間違っていると言えば、これから沙名子が太陽の家に来たときに料理してくれないということになる。

　それともあれか。料理は常に女性がすべきだろうと言えばいいのか。しかしそれは、稼ぐのは常に男性がすべきというのとワンセットである。沙名子の退職を阻止《そし》しなければならない身としては口には出せない。男が女がというのは鎌本《かまもと》がよく使う言葉だが、賛同できないことのほうが多いし、口に出したら負けのような気がする。

「――理屈としては合ってる」

　太陽はしぶしぶ言った。敗北した。

「わたしもそう思う。こっちが終わったら手伝うよ。太陽、手先は器用だよね。わたしが作るよりもうまいよ。作り終わったら買い物に行きましょう」

　沙名子は切ったブロッコリーを鍋に投入しながら言った。なんだか丸め込まれているような気がするが、ふたりで餃子を作るのは楽しいに決まっているので、飲み込んだ。

相談の末、沙名子と太陽は新宿《しんじゅく》へ向かった。

新宿は太陽のホームタウンである。大学時代から異動があるまで、ずっと同じマンションに住んでいた。もう引き払ってしまったが、沙名子とはよく新宿でデートをしたし、部屋でも一緒に過ごした。沙名子は引っ越しも手伝ってくれた。

「懐かしいなー。ついもとの部屋に向かいたくなる」

太陽は晴れ晴れと歩いている。

沙名子はゆっくりと歩きながら太陽の肩を眺める。出発する場所も帰る場所も同じなら、待ち合わせをする必要がない。用事が終わったあとで別れることもない。楽だと思う。

結局、太陽は五十個の餃子を作りきった。種も皮もぴったりと配分して余らなかった。少し手伝ったのだが途中から慣れて、沙名子は支度があるからあとは俺がやっとくよと言った。

ごちゃごちゃ言うときもあるが、最後にはやり遂げる。太陽はなんでもできる男だと思う。去年の太陽の誕生日に、エビフライを作ったときからわかっていた。

共働きなら家事は折半なのは当然だが、太陽は料理だけは沙名子にやってもらいたがる。沙名子が車の運転が苦手で、太陽にやってもらいたいのと同じか。沙名子は料理が嫌いではないし、太陽に任せたら牛丼やカレーばかりになる。料理と運転をトレードするならイーブンだろうかと考える。

「コートなんて、GU《ジーユー》かユニクロでいいよ。どうせ営業のときは後部座席に放り投げちゃうしさ。高い服着てると雑にできないじゃん」

クリスマスプレゼントにコートを買ってあげたかったのだが、太陽は断ってきた。

「外回りのときはそれでいいけど、きちんとした場所に出ることだってあるわけでしょ」

「そういうのがあったらそのときに買えばいい」

太陽はつきあっているときから、着るものに関しては一貫してこのスタイルである。流行を追わず、必要があったら量販店に行ってまとめて買う。仕事のときはスーツ着用なので不自由しないのだ。ひそかに『キングスマン』を観《み》て予習して、バーバリーの正統派のコートを着せようと決めていたのに残念だ。

沙名子と太陽は、貴金属の路面店に入った。最初は去年の誕生日のネックレス。二回目はクリスマスで、イヤリングを買ってもらった。三回目が結婚指輪ということになる。店内は塵《ちり》ひとつなく、紺色と銀色を基調にしたインテリアで上品にまとめられている。

「いらっしゃいませ。いつもありがとうございます」

インテリアと似た、紺と白の制服を着た店員が、ニコニコしながら沙名子と太陽を案内した。

イヤリングとネックレスを両方つけてきたのが、張り切っているようで少し恥ずかしい。沙名子はアクセサリーをたくさん持っているほうではないし、何にでも合うので、習慣でつけてしまった。

「結婚指輪を見に来たんですよ。ていっても今日は買わないんですけど。見ておいて後日に買いに来ます。まだ両親に挨拶すませてないんですよねー。こういうのってどうしたらいいのかわからないっすね！」

太陽はテンションが高い。営業部員の性《さが》なのか、接客されるのに慣れていない。こういうときはどうしたらいいのかわからなくなって、ペラペラと喋《しゃべ》りまくるのである。

ネックレスを買ったときもそうだった。一粒ダイヤモンドのネックレスは沙名子が太陽からもらったものの中で一番高額だ。気が引けたが思い切って甘えた。

太陽にとって、お互いのキャリアよりも住む場所よりも、結婚指輪のほうが重要らしい。うっすらとは思っていたが、太陽は結婚とは指輪をはめて同居するだけのことだと思っている。ほかの変化を考えていない。

「こちらになります。はめてみることもできますよ」

店員は微笑《ほほえ》みながらショーケースに案内した。上品な中年女性である。名札には宝井《たからい》と書いてある。宝飾店に向いている名前だ。

「石は入っていたほうがいいんでしょうか。奥様のお好みはどちらでしょう」

「奥様ではないです。――わたしはシンプルなほうがいいです」

「ではこのあたりでしょうか」

宝井はショーケースから指輪を出した。硬質でなめらかなプラチナリングである。

「ネックレスとイヤリングにダイヤが入っているから、そろえたらどうかな？」

太陽が言うと、宝井は別のショーケースから商品のトレイを取り出した。

「石が入っているとなると、こちらになります。最近は婚約指輪も兼ねて、ダイヤモンドの入った結婚指輪をお求めになる方も多いです。埋め込まれているので、普段使いをしても問題ないんですよ」

宝井はライトの下に指輪のケースを置いた。標準的なペアリングかと思ったが、反射してキラキラと輝き始める。これまでに見たことのない、指輪そのものが放っているような光である。

「そうなんですかー。綺麗ですね。めっちゃ光ってる！」

太陽は喜んでいる。

「こちらはカラット数によってお値段が変わってきます」

「太陽は石が入っているほうがいいの？」

沙名子は尋ねた。

結婚指輪は主張のないものにするつもりだった。もともと沙名子は仕事中はアクセサリーをつけない。私服も着たくないくらいなのである。身体的にどうこうというのではなく、精神的に邪魔だ。余計なことを考えたくない。

「そうだなー。沙名子に合わせるつもりだったけど、見てると欲しくなっちゃうよな」

「ふたりでデザインを変えることはできますか」

沙名子が言うと、宝井は困ったような顔をした。

「デザインのアレンジがあるパターンもございます。だいたい奥……、女性のお客様のほうに石を入れることのほうが多いのですが、男性のほうに入れることもできますよ」

だから奥様ではないと言おうと思ったら訂正された。宝井はなかなか優秀である。

「いや、デザイン違うとか嫌だよ、俺は。ふたりで同じのにしようよ」

「太陽は、つけるかどうかわからないんじゃないの」

「なんか毎日つけたい気分になってきた。よく考えたら、結婚している人はみんなつけてるよな。指輪つけたら、外回りするときに営業先の綺麗なお姉さんにモテなくなるかなって思ったんだけどさ。ここは奥様一筋のところを見せないといけないですよね！」

太陽はあははと笑った。沙名子は笑えない。宝井がすぐに悟って避けているのに、太陽が奥様と言ってどうする。

宝井は曖昧《あいまい》な表情でうなずき、沙名子に目をやった。

「よろしければ、おつけになってみてはいかがでしょう」

「そうですね」

沙名子はプラチナのシンプルな指輪をつけた。デザインが邪魔にならず、これまでと変わらずに生活できそうである。続けて宝井が持ってきた、ダイヤの入った指輪をつけてみる。

ダイヤは指につけるといっそう輝いた。ライトの置き方にコツがあるのかもしれない。サファイアやルビーで囲ってあるものもあったが、一粒ダイヤの指輪がいちばん綺麗だった。

何やら指輪そのものが力を持っているようで、不思議な感覚になる。トールキンが指輪に力があるとしたのは伊達《だて》ではない。『指輪物語』は力を吸い取られるが、これはもらうものである。

「すっごいキラキラしてるな！　沙名子に似合ってる。こうなったらこれ婚約指輪にしちゃう？」

一時の欲求に負けてはならない。結婚指輪は平常心でいられるものを選ばなければと自分に言い聞かせていたら、太陽が叫ぶように言った。

「石の大きさにもよりますが、重ねづけをされても美しいですよ」

「石は選べるんですか」

つい尋ねると、宝井はうなずいた。

「選べます。ファッションリングとして大きな石を選ぶ方もいますし、普段使いとして小さいものを選ぶ方もいらっしゃいます。宝石の価値は大きさだけではないので。こちらの指輪のダイヤモンドは、小さいですが透明度が高いです」

「とはいっても仕事することを考えると、結婚指輪にはできないかな」

沙名子はつぶやいた。この美しいものが指にあったら集中力が削がれる。電卓の数字が見えなくなる。地味な制服とのバランスが取れない。どこかにパワーの揺り返しが来そうで怖い。

「結婚指輪と婚約指輪、両方買えばいいじゃん。透明度が高いって沙名子っぽい」

太陽はまだ言っている。婚約指輪は要らないと話したばかりではないかと言いたいが、宝井の前では言えない。沙名子は太陽を軽く睨《にら》み、指輪を外す。

「すみません、今日は下見なんです。後日、購入したいと思います」

「いつでもお越しくださいませ」

「婚約指輪、購入される方は多いんですか？」

沙名子が尋ねると、宝井は少し首をかしげた。

「合わせてご購入される方も多いですが、指輪なら結婚指輪が中心です。何であっても、ご自分の肌に合うもの、欲しいものをお求めになるのが一番です。一生のものですから。ここが始まりですから。ごゆっくりお考えください」

宝井は言いながら、やけに力を込めて沙名子の目を見た。

一般的な常識や、モテ自慢の夫の意見に左右されず、自分のいいと思ったようにしろと言っている。いい店員だと思った。結婚指輪はここで買おう。沙名子はうなずき、店を出た。


「いやーもーマジでキラキラだった。ダイヤすごい。ネックレス買ったときも行ったけど、やっぱり結婚指輪だと違うもんだな」

太陽は興奮していた。人に接するのが好きなので、店員と話しただけでも嬉しいのだ。

沙名子は太陽を軽くいなしながら、百貨店のメンズ服売り場に入る。この機会に買わなくていいからコートを着せてしまうことにする。太陽は上背があるので絶対に似合う。こればかりは沙名子が試すわけにはいかない。

太陽は鏡の前で、沙名子の言うままにバーバリーのコートを羽織った。ぴったりだった。カジュアルなショートコートで、内側にインナーがついていて取り外せるので、秋から春まで使える。赤が一番似合うが、会社員としては黒だろう。太陽は薄い色、半端な色よりも、しっかりと濃い色がいい。

鏡の中の太陽と自分を見ていると、ずっと前からこうやってふたりで並んでいたようで、妙な気分である。

太陽は沙名子に似ていない。性格は正反対だし、同じクラスの同じ班にいても友達にはならなかっただろう。友達から紹介されたとしても断ったかもしれない。それなのになぜ彼が夫になるのか。太陽から交際を申し込まれたとき、好きでもないのに受けてみた自分の気持ちがわからないし、その後に好きになった理由もわからない。

わかるのは太陽が、沙名子にはない美質を持っているということと、自分が彼を好きだということだけである。一緒にいると楽しくて、優しい気持ちになれる。

買ってあげたかったのに、太陽はコートの値札を見ると首をひねって店員にコートを返した。鏡を見て、少し照れくさそうに笑う。

「――指輪交換とか、やっぱりやりたいな。沙名子、結婚式どうする？」

夕方になっていた。売り場を離れるなり太陽は言った。太陽も鏡を見て、似たようなことを考えたのかもしれない。それなら嬉しいと思った。

沙名子と太陽は百貨店のエスカレーターを降りた。途中の生活雑貨の階を一周し、新宿の地下通路に入った。太陽は自分用のタオルを買った。あとはケーキを買って帰るだけである。

「届けを出すタイミングで近い親族を呼んで、写真撮影と食事会とか？」

沙名子は答えた。結婚式のことは具体的には考えていない。結婚式に使う費用があるなら、高性能の全自動洗濯機とオーブンレンジを買いたい。そもそも仕事の方針が決まるまで贅沢《ぜいたく》はできない。

結婚式はタスク表の項目の中ではずっと下だ。太陽の好きそうな項目であることはわかるが、今のところは優先度と重要度、ともに低い。

親同士の顔合わせはするべきだと思う。食事会を開いてしまえば紹介の手間が一回で済むし、親同士が勝手に親好を深めてくれる。ついでにウエディングドレスとタキシードを着た写真を残し、両親にこれまでの感謝の言葉を述べる。場所は太陽と沙名子の実家の中間地点。どこかのホテルでそれらしいプランがあるだろう。

ずっと男っ気なしの地味な娘が片付いたら、しかも相手が最高にいい男だったら、両親はほっとすると思う。これも既婚者になる覚悟、けじめというやつだ。

しかしこういう話はお互いの家族の紹介が終わり、口約束でない婚約者になってからである。結婚式について考える前に、さっさと両親に電話をかけ、挨拶のスケジューリングをしろと言いたい。

「俺、ぼちぼち友達の結婚式行ってるんだよね。もしもやるなら、何人くらい呼ぶことになるかな。あいつら宴会芸してくれるよ。俺もやったから」

九カ月はぼやぼやしていたらあっという間だろう、食事会の場所の目安くらいはつけておいたほうがいいのかと考えていたら、太陽がいきなり言い出して、噴きそうになった。

「披露宴はやらないわよ。食事だけ。親兄弟の面識ができれば充分でしょ」

沙名子が言うと、太陽は唇を尖《とが》らせた。

「沙名子、美月《みつき》さんの結婚式行ったじゃん」

「結婚式じゃなくて披露宴。美月は夫が社長だから、あちこちに披露する意味はあるでしょう。仕事みたいなものよ。わたしと太陽にはない。わたしは高校とか大学の友達と途切れてて同窓会で会うだけだし、呼んでも相手が困るよ」

「え、沙名子、友達いないの」

「いないことはないけど遊ぶことはないの。みんな自分のことで手一杯」

「親戚は？　おじさんおばさんとか、祖父母とか。従兄弟とか」

「いるけど、何かのときに写真でも見せれば充分でしょう。従兄弟の結婚式なんて行ったこともないわ」

「俺は小さいころから出てたけどなあ。だったら真夕ちゃんとか、田倉さんとかさ。うちも営業部の連中呼んだら喜ぶと思うんだよね。みんな沙名子のこと好きだから。俺は刺されそうだけど」

太陽はうははと笑った。何やら嬉しそうだが、沙名子にとってはそれどころではない。

「——勘弁して」

沙名子は低い声で言った。

なぜお金を払って社内の人間の見世物にならなくてはならないのだ。ただでさえ営業部の人間とは敵対している。鎌本からお祝いを言われても嫌味にしか聞こえない。毎日会っている同僚に、いまさら披露も何もない。

やりたいなら自分だけでやれと言いたいが、こればかりは言えない。

沙名子が笑っていないことに気づき、太陽は少し表情をあらためた。

「でもさ、俺、沙名子を友達に紹介したいんだよね。大学のサークルの連中、バーベキューとか好きなんだよ。俺は忙しくて参加してなかったけど、俺が結婚するって言えば、みんな集まると思う」

「ごめん、友達に結婚報告したいなら勝手にやって。写真見せていいし、ひとりで行くのは止めない。太陽がバーベキューしている間、わたしは映画でも観てる。家でも映画館でも、置いてきぼりにされてもぜんぜん気にしないから」

沙名子は即座に、全力で断った。

太陽は大学時代、サッカーとテニスの同好会に入っていた。メンバーで楽しく遊び、そのあとで飲み会をするというサークルだ。彼らに紹介されるなど考えるだに恐ろしい。バーベキューの間、一言も喋らない自信がある。

「そうかあ……そうだよな……沙名子だもんな……」

太陽はつぶやいている。

太陽は友達と集まってワイワイやるのが好きなのだ。申し訳ないとは思うが、わかってもらわないと困る。沙名子がもっとも苦手とする分野である。

「──わかった。まあ仕方ない。俺も沙名子が楽しくないことはさせたくないしな」

「ごめんね。わたしも太陽に無理に何かをつきあわせようとは思わないから」

「俺は別になんでもつきあうよ。新婚旅行、行く？　うち、結婚したら休み取れたよね。ハワイとかグアムとか」

優先度も重要度も低かったが、ふらりとした。

「海外ならエジプトか南米に行きたい。ダメならカンボジアかトルコでもいい。行ってみたかったけど、長期休みが取れないから諦めてたの。国としてはイギリスが好きなんだけど、行ったことあるし、また機会があるような気がするのよね」

思わず前のめりになると、太陽は笑った。

「エジプトか。考えてもみなかったけど面白そうだな。よし行こう。待ってろよピラミッド。エジプト王に俺はなる」

本気か。行っていいのか。沙名子の心が舞い上がる。新婚旅行は結婚式同様、タスクの下のほうだったが、一気に浮上した。

「親の挨拶済んだら、すぐに会社に言わないとな。大阪より先に、吉村部長に伝えておいたほうがいいよね。俺の異動のこともあるし。新発田部長とどっちに先にする？　いっそふたり一緒に言ってもいいよね」

そしてすぐに心が冷えた。

「――会社」

沙名子は口の中でつぶやいた。

エスカレーターはもう降りきっていた。クリスマスなのでデパ地下は賑わっている。太陽は雑踏から庇《かば》うように沙名子の手をとり、思い切ったように言った。

「そう。俺、やっぱり沙名子には天天コーポレーションにいてほしいんだよ。せっかく最速で主任になったのに、辞めるのもったいないよ。逆に結婚するって言えば、さ来年の三月に、確実に俺を戻してもらえるかもしれない。九月に結婚して、それまで適当に行き来して、半年経《た》ったら一緒に暮らせばいいじゃん。大阪も馴染《なじ》んでるからもう少しいたいけど、沙名子に来させるのは抵抗あるよ」

「でも」

「あと、そろそろ周りに言っときたいっていうのはある。税務調査で来たときも思ったけど、隠すの面倒くさい。白々しいし、そういうの俺には向いてない」

太陽は珍しく真剣な口調になっていた。沙名子に口を挟ませない。

「とにかく部長には言おう。吉村部長と新発田部長、俺は好きだよ。みんなに言いたくないなら内緒にしてくれると思う」

「――会社に言うのはいや」

「なんで」

沙名子は黙った。

勤めるにしろ辞めるにしろ、いつかは言わねばならないことである。それなら早くすませたほうがいい。それはわかっている。しかし先送りしたい。触れたくないのでタスクにも書かなかった。

ロッカールームの餌食《えじき》になりたくない。自分の恥部、こっそりと書いている日記を暴露するような気分である。――太陽には言えないが。

「言わずに結婚するって無理だろ。同じ会社なんだから。あと同僚には教えといたほうがいいよ。有休だって使うんだから。俺、経理室に入ると真夕ちゃんの目が厳しいんだよ。沙名子にちょっかいを出そうとしている害虫みたいに見られる。それがけっこうツライ。俺も光星《こうせい》くんには言っちゃってるよ」

「――言っちゃってるの」

「大丈夫、光星くんはいい男だから。そういうのからかったりしないから。あーそうか、沙名子、からかわれるのが嫌なの？」

「嫌なものは嫌なの」

「だからどうしてだよ」

太陽は声を強めた。苛立《いらだ》っている。

「俺、沙名子のタスク表考えてるし、譲れるところは譲ってるだろ。餃子も作ったし、友達とも会わなくていいし、新婚旅行はエジプトでいいよ。なのになんで俺の話聞いてくれないわけ」

「譲るって何なの。自分の食べるものを自分で作るのは当たり前のことでしょう。やらされていると思っているの」

「そういうのが嫌なんだよ。試されているみたいで」

「試してないわよ。本当はやりたくないならそう言って。わたしは言ってる」

「だから今言ってるだろ。上司に結婚報告するのは常識だって、俺より沙名子のほうがわかってるはずだし。もしかして、相手が俺だから嫌なの？　最速主任の森若《もりわか》さんの相手として、俺はふさわしくないってことかよ」

「主任とか関係ないでしょ。そんなの考えたこともない」

「じゃあなんでだよ」

沙名子は黙った。

会社にいつまでも秘密にできないということは沙名子もわかっている。どこかのタイミングで思い切らなくてはいけない。しかし、太陽がこんなふうに追い詰めてくるとは思っていなかった。

つないだ手が汗ばんでいる。狭いデパ地下の通路で、すれ違った客が何事かというように沙名子に目をやり、逸《そ》らしていく。

ごめん、もう帰ると言いたい。自分のほうが間違っているのかもしれない。こういうときはいったんひとりになって、頭を冷やして考えるのだ。

しかし沙名子と太陽は今日、帰るところが同じである。別れてひとりになることができない。沙名子はそのことに気づいてうろたえた。

「——ごめん、ちょっと寄るところを思い出したわ。先帰ってて。夕食までには帰る」

沙名子は太陽の手を離した。バッグから鍵を取り出し、太陽に渡す。

太陽は鍵を受け取った。びっくりしたように沙名子を見つめている。太陽から声をかけられる前に、沙名子はきびすを返し、早足で人混みに紛れた。

太陽は呆然《ぼうぜん》として立っていた。

沙名子の後ろ姿が人に紛れて消える。ベージュのコートに包まれた背筋が、まっすぐに伸びていて美しい。大阪で会うときはゆるやかな服装が多かったが、今日は宝飾店に行くというのでしっかりと化粧をして、ワンピースとパンプスを身につけていた。どこか緊張しているようでもあり、つきあった当初のことを思い出した。

宝飾店では気に入った指輪を見つけたし、沙名子が勧めるので着てみたコートもなかなかよかった。店員は太陽と沙名子を婚約者として扱い、太陽は嬉しかった。

それがなぜ、こんなふうになってしまうのだ。

太陽は間違ったことは言っていない。沙名子が交際を会社に秘密にしたがっていることは知っているが、結婚するからには、いつまでも隠しておけるものではない。

太陽は新宿の地下通路をぼんやりと歩きながら、手の中にある鍵を見た。何かの映画のグッズらしい、メタルキーホルダーがついている。

これからは東京に来るときは家に泊まっていいよとは言われたが、合鍵は渡されていない。沙名子が自分の部屋の鍵を渡すというのは相当なことである。

交際して二年経っても、沙名子が反応するポイントというのはいまひとつわからない。わかるのは沙名子は超人的に自分を律していること、キャパシティーを超えると他人を拒絶して、ひとりになりたがるということである。

太陽は頭は固くないつもりである。口に出してくれればそれなりに対処できるのに、沙名子は自分だけで結論を出そうとする。これから夫婦になるというのに。

会社を辞めることはできるのに、上司に結婚報告することができないってどういうことだよ……。

沙名子のことだから何か意味があるのか。それともひたすら恥ずかしいだけか。沙名子はプライベートを会社に知られるのを嫌う。

しかし、会社に隠せないことは沙名子が一番よく知っているはずである。

新宿駅へ向かって歩いていたら行列が見えた。洋菓子店のショーウィンドーがあり、サンタクロースの格好をした店員がケーキを売っている。

行列といっても数人である。コートに身を包んだサラリーマンらしい男性がホールケーキを買い、サンタクロースのチョコレートプレートを指さしている。手には紙袋を持っていた。クリスマスプレゼントかもしれない。

太陽は少し考えて、行列に並んだ。

自分の番が来る間に、スマホを取り出す。

沙名子からの連絡はない。太陽は少し考え、思い切ってＬＩＮＥ《ライン》の画面を開いた。


沙名子はあてもなく新宿を歩き、書店に行き着いた。

いつも太陽と待ち合わせをしていた書店である。こういうときは物語を読み、美しいものを見る。いい書籍は浮いたり沈んだりしている心をゼロ地点に戻してくれる。

写真集の売り場を眺めていたら、少し落ち着いてきた。

新発田部長と吉村部長、大阪営業所の太陽の上司も含めて、会社にはどこかで話さなければならない。それはわかっている。総務部でも経理部でも変更があり、処理が必要である。

仮に沙名子が会社を辞めるにしても、理由を言わないわけにはいかない。残った太陽の立場が悪くなる。経理部員に対しても裏切りのようなものだ。

どこかで思い切らなければならない。まだその覚悟ができていないだけだ。

そのことよりも、沙名子を問い詰めた太陽が怖かった。本気の喧嘩《けんか》をしたらあんなふうになるのだ。体も声も大きいので、上から言われると体がすくむ。こういうことにも慣れなければならないのか。

結婚――できるのだろうか……。

自分は結婚に向いていないのではないか。太陽とは趣味も性格も違いすぎて、結婚したら喧嘩になる。やめたほうがいいのではないか。今なら間に合う。

不安と戦いながら電車に乗っていたら、太陽からメッセージが入った。

沙名子、今どこ？

いったん家帰って、ケーキ冷蔵庫入れた

駅まで迎えに行くよ

沙名子はメッセージの文面を眺める。

そういえば自分は太陽に鍵を渡したのだった。我ながら驚いてしまう。誰かに鍵を渡すなど考えたこともなかった。頭に血が上っていたとはいえ、沙名子は根本的なところでは太陽を信用しているらしい。

沙名子は、もうすぐ着くとメッセージを返した。

駅へ着くと、改札の前で所在なげに太陽は待っていた。沙名子が出てくるのを見てパッと顔を輝かせる。

「わざわざ迎えに来なくてよかったのに」

「なんとなく。買い物したかったし。ビール飲みたくない？　餃子だし」

太陽は言った。

さきほどの話題には触れない。太陽の中にもタスクのリストはあり、先送りという結論になったのかもしれない。お互いにわかっているのに口に出さない。

「二日続けてお酒は飲まないことにしてるんだよね」

「じゃ沙名子はノンアルで。餃子、冷蔵庫開けたら、けっこうきれいにできてた。さすが俺。頑張って焼くわ」

　太陽は自画自賛している。いつものことだ。

「シーツも部屋に入れた。洗濯物も入れようと思ったけど、触っちゃいけないと思ったから入れなかった」

「ありがと。ケーキ買ったの？」

「買ったよ。ホールにした。サンタさんのプレートもつけた」

「ホールケーキ、食べきれるかな」

「俺が食べるから大丈夫。クリスマスだしな」

　太陽は明るく言った。スーパーに入り、籠《かご》を取る。

「――それから、さっき親から連絡あった。お正月いつでもいいって。昼用意するから、決まったら連絡しろって」

　太陽は言った。ビールのコーナーの前で立ち止まり、缶を見ている。

　沙名子は太陽を見る。

「箱根駅伝はいいの？」

「そんなのどうでもいいって怒られた。なんで俺が怒られるんだよ。意味わからん」

　太陽は本当にわからないといったふうに首をひねった。やっぱりここは発泡酒じゃなくてビールだよなあと言いながら、珍しい地ビールを選んでいる。沙名子はノンアルコールビールを取り、籠に入れた。

「わかった。家に帰ったら予定を立てましょう。そのあとでわたしも両親に連絡するわ」

「うん。うちの親、楽しみにしてるから。俺も沙名子の親と会うの楽しみだし。それでさ、婚約指輪、やっぱり買わない？」

沙名子の手が二本目のノンアルコールビールを手にしたまま止まる。

欲しかった全自動洗濯機と、ピラミッドの画像が頭に浮かんだ。何か言おうとしたところで、太陽が慌てたように遮《さえぎ》った。

「いや、婚約指輪っていっても、正式なものじゃないっていうか。さっき見た指輪、沙名子に似合ってたから。俺からのクリスマスプレゼントってことでどうかな。ええと、なんていうんだっけ、そういう指輪」

「ファッションリングってこと？」

「そうそれ。なんでも折半てのも、財布には優しいけど味気ないっていうか。届けを出すまでは独身なんだし。大阪って出張多くてさ、出張費の残りをためたお金が同じくらいある」

太陽はまた口を滑らせ、沙名子は苦笑する。出張費で買う指輪か。それくらい自分へのご褒美に使えばいいのに。

「――そうね」

「とりあえず今回、泊まってよかった。いいシミュレーションになった」

太陽はしみじみとうなずいている。なんだそれはと沙名子は思う。シミュレーションをしていたのは沙名子のほうである。

「じゃあわたしも太陽にコート買う。クリスマスプレゼントで」

「うん、あれよかったよ。暖かいし。使い倒すよ」

「それでいいのよ。高くても十年使えば元は取れる。使わないほうがもったいないの」

「赤もいいんだけどなあ。十年着るならここは黒だよな」

レジを通り、外に出る。十二月の空気はまだ冷たい。

「太陽、もしも結婚したあとで喧嘩をしても、待っていてくれる？」

「そりゃそうだ。ケーキ買って待ってるから、沙名子は安心してひとりになっていいよ」

沙名子が思い切って尋ねると、太陽はやけに自信たっぷりに答えた。

本当なのかと思いつつ、ひとまず信じることにする。沙名子はふたりの家に帰るために、太陽とふたたび手をつないだ。

第二話
実家を訪問する

お正月の京急《けいきゅう》電鉄は空いていた。

沙名子《さなこ》は硬い座席に座り、次第に建物が低くなっていく景色を見つめている。

太陽《たいよう》の実家は神奈川県の海沿いの市である。神奈川と初めて聞いたときに横浜《よこはま》なのかと尋ねたら、横浜なら横浜と言うと言われた。地方、田舎というような場所ではないと思うが、東京都心からは一時間以上かかる。太陽は大学に入学すると同時に実家を出て、新宿《しんじゅく》に住んでいた。

冬休みに沙名子と太陽はそれぞれの実家に帰った。太陽は年末にいったん東京に戻り、沙名子と打ち合わせをしてからの帰省である。

そのまま沙名子も実家に帰り、母親がおせち料理を作るのを手伝った。気のせいかやけに食事が豪華だったし、父親はしんみりしているしで居心地が悪かった。猫だけがいつもと変わらない癒《い》やしである。

元旦《がんたん》に初詣《はつもうで》をしてからひとり暮らしの部屋に戻った。一月二日に山田《やまだ》家に沙名子が訪問し、三日に森若《もりわか》家に太陽が訪問する。

挨拶《あいさつ》、どっちを先にする？　俺はどっちでもいいよ。

そう言ったのは太陽だった。

こう先手を打って、俺はどっちでもいいと言うのは狡《ずる》いと思う。沙名子に選ばせて、責任を取らせるということである。こちらの検討と決断にフリーライドして、失敗したときに文句だけを言う立場になろうとしていないか。

——太陽は失敗であろうと楽しめる性格だから、文句は言わないわけだが……。

考えすぎである。婚約してからというもの、どうにも太陽の言動をいちいち勘ぐってしまっていけない。あちこちのサイトで、結婚にまつわる体験談や失敗談を読みすぎたのかもしれない。

迷った挙げ句、沙名子は太陽の家族と会うほうを先に選んだ。面倒なことは先にやってしまうに限る。

電車の中の空気に潮の香りが混じってきた。太陽の実家の近くには相模湾《さがみ》、海があるのだ。太陽自身は、サッカーだの車だのが好きで、海にまつわる趣味はない。

沙名子は今日、会社での私服と同じ——いわゆるオフィスカジュアル、ブラウスとスカートとパンプス、ベージュのロングコートを着た。手には都内の有名デパートで買った、和菓子の紙袋を提《さ》げている。

メイクを薄めにした代わり、念入りに髪をトリートメントしてブローに時間をかけた。まわりはラフな家族連ればかりで、場違いのようで落ち着かない。雑誌にあった『彼氏の実家を初めて訪問するとき特集』の『彼にもご両親にも愛されコーデ★』を参考にしすぎたか。

　各駅停車に乗り換えたあとの小さな駅の改札を出ると、太陽が待っていた。

「あけましておめでとう、沙名子」

　太陽はニコニコしていた。黒のニットとデニム、普段着のダウンジャケットの姿である。

　太陽についていくと、まばらな駐車場にブラウンのアルファードが見えてきた。

「俺の家、ちょっと遠いんだよ。歩くと三十分以上かかる。地味に車がないと暮らせないんだよな」

「こんなに大きい車だとは思わなかったよ」

「ばあちゃんの家の車借りた。従兄弟《いとこ》に三人子どもがいるんだよ。うちのは親が買い物とかでバタバタしてるし、会社の軽トラで迎えに来るわけにもいかないし」

　太陽はアルファードのドアを開け、中に乗り込む。沙名子も助手席に座り、シートベルトをつけた。太陽の運転する車に乗るのは初めてではないが、視点が高いのでおかしな感じである。

「お父さんは会社を経営されているんだっけ」

「会社っていうか、自営業ね。いちおう専務だけど、社長は伯父さん。庶民《しょみん》家庭だよ。沙名子のところとは違う」

「うちも庶民よ」

「沙名子はお嬢さんだろ。きちんとしてんなあって入社したときから思ってたもん。天天《てんてん》コーポレーションじゃなきゃ銀行に行く予定だったんだよね」

「そう。お金数える仕事って空しいと思って内定蹴ったのに、結局同じようなことをしてる」

「同じじゃないよ。成果が見えるじゃん。天天石鹸《せっけん》愛用してるお客さんの顔とかさ。だから俺、天天コーポレーションが好きなんだよ」

沙名子が退職の話をしてからというもの、太陽はやけに天天コーポレーションのすばらしさを力説してくる。

自分の会社が好きだと言えるのは、幸運な会社員である。

「——さて、行きますか」

太陽は話を打ち切ると、神妙な顔つきでアルファードを発車させた。

三浦《みうら》半島の風は冷たいが穏やかで、気持ちよかった。車が住宅地に入り、沙名子は目を細める。緊張しているが、太陽を育てた家庭に興味がないと言ったら嘘《うそ》になる。

太陽の家は思っていたよりも広かった。

両親が共働きだったと聞いていたので、てっきり住宅地の核家族を想像していたのだが違った。駅から車が遠ざかるにつれて家が少なくなり、最終的に行きついたのは畑の中にある一軒家である。

そして広かった。庭だけで森若家が二軒くらい入りそうである。門から玄関までの間に剪定《せんてい》された木が茂り、かたわらの砂利《じゃり》の上に、白い軽トラと赤いカローラが並んで置かれている。家の横には青いビニールシートに覆われた何かの山と、「山田水産食品加工」と書かれた箱がいくつも重ねて置いてあった。

車が入っていくと、玄関から男性が我慢しきれなくなったように外に出てきて、手を振った。

山田俊夫《としお》。沙名子は太陽から前もって聞いておいた名前を心の中で反芻《はんすう》する。太陽の父親——背の高い壮年男性である。六十歳くらいだろうが、がっしりとして見るからに元気そうである。人なつこい大型犬を思い出した。

「——親父《おやじ》、浮かれてんな。やばいな」

運転席の太陽がつぶやいた。

「やばい？」

「すぐパーッとなるからさ。それで昔、騙《だま》されたりしてるんだよ。いいかげんにしろって伯父さんにも母さんにも怒られてるんだけど」

人のことを言えるのかと思っているうちに太陽は車を停《と》めた。沙名子は和菓子の袋を握りしめて車を降りる。適度な値段で、日持ちをするから喜ばれるはずだ。これも雑誌の『彼氏の実家を初めて訪問するとき特集』の中から選んだ。

特集によると両親は玄関で待っているとあった。太陽は両親に沙名子を紹介し、沙名子に両親の紹介をする。靴を脱ぐ前に挨拶をする。お菓子を渡し、コートを脱ぎ、スリッパがあるなら履き、靴を外向きにそろえ……。

「父さん、こちら」

「はじめまして、森」

「いやあ、太陽がねえ！　結婚とかねえ！　まさかね！　いつか、来るとは思っていたけどね！」

沙名子と太陽の声を遮《さえぎ》って、俊夫が喋《しゃべ》り出した。

「いやあもう、連絡もらったときはびっくりしちゃって。つきあって二年でしたっけ、そんなに好きならうちに連れてこいって思ってたら結婚とか！　太陽、大学卒業したらめったにうちに帰らなくなっちゃってね、そりゃうちが遠いのが悪いんだけど、ばあちゃんが可哀相《かわいそう》だろうと。ばあちゃんも、しーちゃんが三人目を産んだんでそれどころじゃなかったんですけどね！　しーちゃんってね、俺の兄貴の長男の嫁なんだけども。兄貴のところは男男女でね、もう三人目のよっちゃんっていうのが生まれたときは大騒ぎで、ほらそれまでは兄貴と俺だけだし、うちも太陽だけで、兄貴のとこも男ふたりだから。よっちゃんは太陽と学年同じで、昔は悪ガキで太陽と結婚してやるとか言ってたのに、なんだか綺麗《きれい》になっちゃって、それも去年、結婚して子どもも生まれたんですよ、これがもう女の子で、よっちゃんが帰ってきたときなんて、ばあちゃん家《ち》でよっちゃんの子がコロコロ転がってて、しーちゃんとこの三人の子もいて、これがうるさいやら可愛《かわい》いやら！」

「――お父さん、もういいから。森若さんに入っていただいて。寒いから」

いつのまにかやってきた女性が割って入り、沙名子は我に返った。突然喋り出したので、びっくりして立ち尽くしているしかなかった。

山田歩美《あゆみ》――太陽の母親は、沙名子に微苦笑しながら沙名子に黙礼した。

両親の名前は昨日、太陽から聞き、頭に刻みつけてきた。

歩美は小柄できれいな中年女性だった。細身の体にデニムが似合っている。五十代半ばだと聞いていたがもっと若く見える。睫《まつげ》の長い横顔は太陽に似ていた。

「ええと、森若沙名子です。このたびは」

とりあえず何か言わなくては――と口を開いたところで、俊夫が被せるように言う。

「ああそうだ、歩美、あれあったかな！　森若さんに見せてやろうと思っててすっかり忘れてた、ほら、あのアルバム！　高校の！」

「お父さん、家に入ってて。まずは家にあがっていただいてから」

歩美は慣れた様子で言うと、俊夫ははっとしたように首を振った。

「ああ、いかんいかん、またやってしまった。黙ろうと思うんだが、嬉《うれ》しいことがあるとついね。彼女がいるってことは聞いてたんだが、結婚するとか連れてくるとか、年末にいきなり言われて、急だったんでひっくり返っちゃいました。太陽は本当にいいやつです。自慢の息子です。俺と歩美のいいところだけを受け継ぎました。森若沙名子さん、太陽と一緒にいたら、絶対に幸せになりますよ。俺からはそれしか言うことがないんですよ」

沙名子は曖昧《あいまい》な表情でうなずいた。それしか言うことがないわりにはたくさん喋っている。これがパーッとなるというやつなのか。

「父さんそれ、今言ったら終わっちゃうやつだろ。――沙名……、森若さん、中に入って。母さんが作った料理あるから。おせち料理はばあちゃんと伯父さんの家のだけど」

「今年はわたしも作ったわよ」

「えっマジで」

「そりゃそうでしょ、あんたが婚約者を連れてくるっていうから、恵《けい》ちゃんもしーちゃんも張り切っちゃって」

「父さんが大根煮てたのは知ってたけど」

「あっそうか、あんた年末は寝てたもんね」

「寝てねえよ、ちゃんと大知《だいち》と玲奈《れな》と海《かい》の面倒見てたよ」

「あらそうなの、どうりであの子たちが邪魔しに来ないと思った」

「昨日の夜、よっちゃんも帰ってきてるんだよなあ。鈴《すず》ちゃん大きくなったぞ。終わったらばあちゃんの家にも挨拶行くか」

「いやそれはいいから」

「なんでだ。みんな待ってるぞ」

「いいから放っといてよ。昨日は玲奈がやけにベタベタしてくるから、今日だけはうちに来んなよって言って、桃太郎《ももたろう》電鉄とマリオカートやって」

「ばあちゃんも喜んでるんだよなあ。太陽はばあちゃん子だから。森若さんを見たら、みんな腰抜かすぞ。綺麗すぎて」

「とにかく森若さん、中に入って」

沙名子は靴も脱げない状態で、和菓子の袋を持ったまま、広い玄関の中央に立っている。

家に入れと言われても、左右から降り注ぐ言葉を理解するのに精一杯で体が動かない。よく反応できるものだ。

　太陽は確か、ひとりっ子で寂しかったとか言っていなかったか。

　首から鍵をぶらさげて寂しく食事をする少年を想像していたのだが、これはなんなのだ。大人が三人しかいないのに、こんなにうるさくなるのか。車を降りてからここまでの会話だけで、沙名子が実家でかわす会話の半日分くらいを話している。

　雑誌の特集にはこんなシチュエーションはなかった。どうしたらいいのかわからないまま沙名子は案内された和室に入る。壁には賞状が飾られている。広い縁側があって、きれいに手入れされた畑らしき土地と、さらに大きい家が見える。あの家が、太陽の親族――祖母と伯父一家が住む家ということらしい。

　そこまで来てはっと気づき、沙名子は歩美にお菓子の箱を渡した。歩美はニコニコしながら受け取り、少しだけ声をひそめて、うるさくてすみませんと言った。その間も、俊夫と太陽はずっと話し続けている。

「ああ森若さん、座ってください。お茶を淹《い》れます」

「お父さんは座ってて」

「いや手伝うから。太陽も運びなさい。歩美がね、去年ちょっと体調崩しちゃったんですよ。若いときに無理させちゃったから。だから家のことはできるだけ俺がやるようにしてるんです。もっと早くやっていればよかったです」

太陽が俊夫に急《せ》かされてついていった。ひとりにするなと言いたくなるが仕方がない。俊夫が盆でお茶を運んでくる。

「森若さんは何かスポーツやってたんですか。俺はサーフィンが好きでね、今もやってるくらいなんですが、太陽は小さいときに溺《おぼ》れちゃって水が嫌いになって、ひとりは寂しいから、みんなでやるスポーツのほうがいいとか言って、サッカー始めたんですよ。もともと歩美と知り合ったのも、サーフィンがきっかけなんですよね」

「──そうなんですね」

沙名子は言った。こうなったら秘技、「そうなんですね」だ。自分の話をしたがる人なら、どんな会話もこれで乗り切れる。

沙名子の席のほうが俊夫よりも上座である。隣の部屋ではテレビがついていて、箱根《はこね》駅伝の実況の声が聞こえてくる。何もかもこれでいいのかと頭をかすめるが、沙名子はもはや、雑誌の特集の内容を思い出せない。

ここは魔境だ。『指輪物語』か『ホビット──ゆきてかえりし物語』『ナルニア国物語』、何かあてはまる物語はないかと頭の中でぐるぐると探し、『ダンジョンズ&ドラゴンズ』

に思い当たってほっとした。

こうなったら覚悟を決めるしかない。これは通らなければならないダンジョンだ。攻略できないまでも、なんとかして死なずに最後まで行き着こう。

魑魅魍魎《ちみもうりょう》だらけだと思った税務調査だって乗り切ったではないか。七年間も社会人生活をしていれば、こんな局面は何回もクリアしている。

この種類の会話に慣れていないこともない。これまでにもどこかで経験した――と思って、その相手が太陽であることに気づいてがっくりした。太陽のお喋りは父親譲りだったのか。

「――で、どうしてももう一回会いたかったから、電話番号を渡したんですよ。当時は携帯電話なんてものもないし、そうするしかなかった。そうしたら歩美が、友達と鎌倉《かまくら》を旅行するから車出してくれって電話してきて、いやあ嬉しかったなあ。それで何回か運転して、やっとつきあうようになったんです。あのときの歩美は本当に可愛かった。今も可愛いけれども」

「森若さん、お酒は飲みますか」

歩美と太陽が戻ってきて、皿に載せた料理を座卓に置いた。

沙名子の前にゆず大根の小鉢と皿が置かれた。皿の中には取り分けたおせち料理がある。

太陽がお重の蓋《ふた》を取ると、煮物がぎっしりと入っていた。にんじんが桜の形になっていて、さや豌豆《えんどう》が鮮やかだ。

「お酒は飲めないんです。ありがとうございます」

「俺も運転するからいい。父さん、それいわゆるアッシーってやつだろ。もう何回も聞いたから」

「アッシーでもサッシーでもベートーベンでもいいんだよ、歩美と結婚できたんだから」

「そこはベートーベンではなくドビュッシーでは」

沙名子はやっと口を挟んだ。他に話すべきことがあるはずなのに、反応できたのがここだというのが我ながら情けない。

「そうそうだった。月の光だった。とにかく俺は、本当に結婚してよかったって思ってるんですよ。そのうえ、最高の息子に恵まれてね……。もうそれだけで人生が百点満点なんです。太陽は本当にいいやつで、俺は……」

「森若さん、召し上がって」

俊夫が感極まってやっと黙った。歩美がすかさずうながし、沙名子はやっと箸《はし》をとる。

おせち料理も煮物も手作りだった。黒豆はつやつやと光っているし、海鮮はすべてが大ぶりで美味《おい》しかった。歩美は料理上手である。

太陽の実家の会社――山田水産食品加工は、太陽の祖父が興《おこ》し、伯父と俊夫が広げたものである。俊夫が結婚してしばらくしてから何かの危機に陥《おちい》り、歩美は近くの建設会社の事務員として働き始めている。

祖父母と伯父の家は少し離れた敷地内にあって、太陽は子どものときは、学校から帰ったら祖父母の家に行っていた。今は祖父が鬼籍《きせき》に入り、祖母と伯父夫婦と、長男――太陽の従兄弟の家族が暮らしている。今日の料理は、歩美が祖母宅の女性たちとともに作ったらしい。

工場は別の場所にある。太陽からは自営業としか聞いていなかったが、親族経営とはいえ、思っていたよりもしっかりとした会社組織のようだ。何度かの危機を乗り越えて、現在の業績は安定している。要は一族で仕事と家事育児を分担して、力を合わせて乗り切ってきたわけで、その団結力の強さに沙名子はひるむ。

沙名子はとても彼らの一員にはなれない。できるのは帳簿を見ることくらいである。

「――ということは、いずれは会社に太陽さんが」

「いや、会社のほうはしーちゃんが継ぎます。森若さんは何も心配することはありません！」

興味と不安にかられて尋ねると、俊夫はそこだけはきっぱりと答えた。答えると決めていたようである。

「しーちゃんというのは、山田静音《しずね》さん。太陽の従兄弟の奥さんです」

歩美が慣れた様子でフォローを入れた。

俊夫は箸を置いて沙名子を見つめ、しみじみと言った。

「正直、俺らは、やれるだけやって終わりにしてもいいと思っていたんです。兄も俺も、子どもは好きなことをやるべきだって考えなんでね。太陽だって、別に海が好きなわけでもないのなら、東京で会社勤めをしたほうがいいでしょう。でもしーちゃんがやる気を出しちゃって。子どもを三人産んだあとで、工場を広げてパートさんを雇って、業務拡大するって言い出したんですよ」

「しーちゃんにも会社で働いてもらっていたんだけど、いつのまにか主力になっててね。もうびっくりしちゃった。おっとりしたお嬢さんだったのに」

「そうなんですか」

「旦那《だんな》のほうは商工会議所に勤めているんだけれども。俺も専務だけど、次の社長はしーちゃんだと思っているし、まさかこんなところで後を継いでくれる人が現れるとは思わなくて。母さんもまだまだ元気だし、いやもう本当に、俺ってめちゃくちゃついてるなと。さらに太陽が、こんなにいい人を見つけてきて。よかったよかった！」

「ありがとうございます」

よくわからないが沙名子はお礼を言った。いい人も何も、ほぼ何も喋っていないのだが。

「――沙名子さんは、ずっと東京ですか？」

歩美がやっと尋ねてきたので、ほっとした。

「幼少期に数年、新潟県で暮らしていたんですが、あまり記憶にはないんです。小学校の低学年で東京に戻ってきました。それからずっと」

「お父さんもお母さんも東京の人ですか？」

「母は東京出身です。父方の親族が福島県にいます」

沙名子は言った。

数秒、室内がしーんとなる。三人とも、沙名子がさらに何かを言うと思っていたようだ。

「沙名子さん、ご趣味はなんですか」

取り繕《つくろ》うように、歩美が尋ねた。

「映画を観《み》ることと、読書です。旅行にもよく行きます」

「どのあたりに行かれるんですか」

「いちばん好きなのはイギリスです。大学時代に英文学を専攻していました」

「あら素敵」

「イギリスといえば！」

「お父さんは黙って」

俊夫が黙り、もう一回、しーんとなる。

「――沙名……、森若さんはさ、すごい人なんだよ。経理部の主力だし、天天コーポレーション最速で主任になった。俺が三十歳になっても主任になれる気がしないよ」

場をつなぐように太陽が言った。

「そうだ、森若さん。太陽は会社ではどうなんですか？」

俊夫が尋ねた。

このあたりで結婚したら仕事はどうするつもりなのかと訊《き》いてくるかと思ったのだが、俊夫も歩美も尋ねてこなかった。言ったところですべてを肯定するだろう。

「太陽さんの社内の評価はとても高いです。わたしも、交際する前から優秀な人だと思っていました」

沙名子は事実を言った。調子はいいが、営業成績からして優秀なほうなんだろうとは思っていた。一番強く思っていたのは伝票を早く出せだが、そこは口に出せない。

俊夫は満足そうにうなずいた。

「そうでしょう。太陽はもちろんですが、森若さんもすばらしい人です。見ればわかります。太陽が好きになった人ですからね。太陽は見る目があるんですよ、俺に似て」

「森若さんは、太陽のどこを好きになったんですか？」

歩美が尋ねた。

沙名子は手を止める。その返事は用意していなかった。

頭に太陽と出会ってからの日々が蘇《よみがえ》る。調子がよくてうるさい営業部員としか認知していなかったのに、どこでどう好きになったのか。

太陽は優しい。沙名子が辛いときに来て、何も言わずに一緒にいてくれる。いつも上機嫌で、嘘をつかないから信頼できる。そして高潔《こうけつ》である。だから自宅の鍵を渡すこともできる。

太陽に対して高潔であるなどと考えたことがなかった。そして高潔な人こそ、沙名子の理想なのである。そうか、そこだったのかとふいに思い当たり、沙名子はうろたえた。

「――す、すみません」

顔に血が上った。うまく言葉にすることができない。沙名子はうつむき、口ごもった。

「もう、ふたりとも俺の奥さんいじめるなよ！」

太陽が照れかくしのように叫んだ。

俊夫はうるんだような瞳で沙名子を見つめ、うなずいている。

「ありがとうございます、森若沙名子さん。太陽をよろしくお願いします」

歩美はあらためて膝《ひざ》の上に手を置き、沙名子に深々と頭を下げた。


「ほんとごめん……。うちの親、舞い上がっちゃって……」

食事が終わった。玄関を出ると、太陽は沙名子に謝った。太陽らしくもなくばつの悪い顔をしている。

「いいご両親だと思うよ」

「今日はうるさかったけど、あれで父さん、頼りになるんだよ。昔から、俺にはめちゃくちゃ甘いんだけど」

「わかるよ。それで太陽が育ったんだから、いい環境だったということでしょう」

「うん、そう思う」

山田家には謙遜《けんそん》という文化がない。自分でも他人でも、何かをけなすことがないのだ。これは家風というやつなのか。太陽は両親を素直に尊敬している。

沙名子も彼らを好きだとは思うが、あふれる愛情パワーにあてられて落ち着かない。終わってほっとしているし、早く帰りたい。どこかでひとりになってバランスを取らなければ――と思っていたら、隣の敷地から子どもが駆けてくる気配がした。

「太陽～」

沙名子はぎくりとした。

走ってくるのは十歳くらいの男の子と女の子、そして首輪をつけたミニチュアダックスフントである。

「あ、やべ」

太陽がつぶやいた。

ふたりとも太陽を見つめ、沙名子の周りを取り囲む。

「太陽のお嫁さんを見たくて来た。この子、マロンだよ」

女の子が犬を抱き上げた。男の子のほうは、はにかんだように沙名子を見つめ、ニヤニヤしている。

マロンも子どもたちも、キラキラした瞳で沙名子の反応を待っていた。沙名子はどうしたらいいかわからない。猫ならどこから撫《な》でればいいか知っているが、犬は知らない。まして子どもに接することなどほぼない。沙名子の親戚宅に子どもはいるが、こんなに人なつこくないし、だいたい近くにはフォローする親がいる。

「それはわかるけど、もう終わったから」

太陽が言うと、さらにもうひとり、母親らしい女性が駆けてくるのが見えた。

「こら、玲奈、大知！　今日は家にいなさいって言ったでしょ！　――本当にすみません、ほら帰るよ！」

やっと大人が来た。沙名子はほっとして頭を下げる。

「ええと、はじめまして、森若」

「すみません、太陽の従兄弟の嫁です。太陽いいやつなのでよろしくです。――邪魔しないの！　大事なときなんだから！」

「でも、大ばあちゃんも会いたいって言ってたよ」

「え、ばあちゃんが？」

太陽が動揺したようにつぶやいた。

そういえば太陽はおばあちゃん子だったのだ。俊夫とその兄の母親、この子どもたちの曾《そう》祖母ということだから、九十歳を超えているかもしれない。遠い距離の移動はできないかもしれない。太陽のパートナーには会いたいだろう。太陽を育てた女性なのだから、いい人なのに決まっている。

沙名子の頭に、昨日の夜に検索した結婚関係のサイトの情報が渦巻く。夫の親族の関係は最初が肝心である。適度な距離感を保つべき……。

「いや……俺、沙名子さんを送らなきゃならないから……」

太陽が小さな声で言い、ちらりと沙名子を見た。

「──わたしならいいよ、ご挨拶したいです」

沙名子は言った。

子どもたちがパッと顔を輝かせる。

沙名子は太陽の大好きな祖母に会うために手を握りしめる。

ウサギを追うなどころではない。ウサギはぴょんぴょんこちらへ向かってくる。覚悟を決めるしかない。向こうが愛情パワーを全開にして総力戦で来るなら、こちらも全力で立ち向かわなければ。この覚悟こそが結婚なのかもしれないと思う。


沙名子はその日は実家に帰った。

気分としては自分のひとり暮らしの部屋に帰りたかったが、明日は太陽の訪問がある。一気にやってしまおうなどと考えず、少し間を空ければよかったと後悔した。

沙名子と太陽はタイプが違う。それは最初からわかりきっていたことだ。太陽を選んだのは自分なのだから、彼のバックボーンも受け入れなくてはならない。

沙名子は歓迎された——ひとり息子の配偶者としては了承されたと思う。彼らなら帰ったあとで悪口を言うこともないだろうが、あれでよかったのかと思い返すとわからない。何も実のあることを話していないのである。相手にとってもそうではなかろうか。それとも、何も話さなくてもあれでいいのか。

俊夫は、見ればわかると何回も言っていた。善人すぎる。悪い人間に騙されるのではないのか、支える人がいるのかと心配になる。それが歩美なのか。歩美はそれでいいのか。いいんだろうな。しかし自分に歩美の役割を期待されると困る。

ウサギを追うな、いや追ったほうがいいのか。何か方針を変更するべきなのかと悩みながら玄関を開けると、三毛猫のまぐろが迎えに来た。もう一匹の黒猫、しじみはどこかに隠れている。

「ああ沙名子、おかえり」

まぐろを抱いてリビングに入ると、父の雅之《まさゆき》がソファーに座って箱根駅伝の総集編を見ていた。沙名子を見て声をかけてくる。

「ただいま」

「その——どうだった。お相手の感じは」

雅之は少しそわそわしている。なんだかんだ気にかかっていたらしい。まぐろが沙名子の腕から降り、父の膝の上に乗る。

「いい家だったよ。思っていたよりも大きかった」

沙名子は言った。信じられないくらいうるさくて、会話を理解するだけで精一杯で、前もって考えていた手順はほとんど踏めなかったとは言えない。

雅之――父を無口だと思ったことはなかった。残業がち、出張がちなので長く話す機会はあまりないが、雑談や仕事の話をすることもある。中堅商社の総務部副部長、定年間近の年代の男性ならこんなものだと思っていたが、俊夫との会話を思い出すと、実は口数が少ないのかと思えてくる。

「山田さんの家は自営業だったよな」

「会社といっていいと思う。仕事の話するなら決算書を見たかった」

「それ絶対に言っちゃダメだぞ」

雅之は真面目《まじめ》な顔で沙名子をたしなめた。

「沙名子、明日、蟹《かに》のコースを頼んだんだけど。山田さんは嫌いなものとかあるかしら」

キッチンでお茶を淹れていた香苗《かなえ》が言った。

「ないと思うよ。――お母さん、お茶ならわたしが淹れたのに」

「じゃりんご、むいてくれる？　沙名子が来たから竜真《たつま》もそろそろ下りてくるかも」

沙名子はキッチンへ行き、母親からりんごを受け取った。

「竜真いるの？　今年は帰らないとか言ってなかった」

「山田さんを見たくなったんだって。おかげでコースを追加しなきゃいけなくなったわ」

「ふーん。竜真が何するの」

「車で駅まで送ってもらえるわよ」

「アッシーでもサッシーでもベートーベンでもいいけど」

「ベートーベン？」

「ごめん忘れて」

「ドビュッシーの間違いじゃないのか」

横で聞いていたらしい父が口を挟んだ。両家の顔合わせで同じ会話をしそうで怖い。

ふたつのりんごをむいてリビングテーブルに持っていくと、ドタドタと階段を下りてくる音がして、扉が開いた。

「あ、ねーちゃんおかえり」

入ってきたのは四つ違いの弟——竜真である。手にはしじみを抱いていて、入ると同時に床に放した。しじみは沙名子を見ると小さく鳴き、足に体をこすりつけてきた。

「――こんにちは、はじめまして。山田太陽です。沙名子さんのご家族とお会いできて、とても嬉しいです！」

太陽はクリスマスに買った黒いコートを着ていた。

家の近くの和食料理店の個室に入ると、太陽はコートを脱ぎ、下座で正座をして、持っていた大きな木箱を畳に滑らせた。

「これ名産なんです。沙名子さんから、みなさん果物がお好きと伺っていたので持参しました」

木箱には苺《いちご》と書いてあった。沙名子の知らない農園のものである。高級デパートの袋はなくていいのか。『彼氏の実家を初めて訪問するとき特集』の一番のおすすめは和菓子だったのに、太陽はいきなりアレンジをきかせてくる。

太陽の今日のスーツはやけにパリッとしていた。どんなスーツでも太陽が着たらクタクタになるものだと思っていたが違うらしい。

「ありがとうございます。まあ座って」

雅之はラフなゴルフウェアである。スーツを着ていくべきかどうか悩んでいたようだが、沙名子に適当でいいよと言われて決めた。太陽がまるでできるビジネスマンのようなので、悪かったなと少し思う。

座にはもう料理と前菜が運ばれている。竜真は不機嫌そうに横を向いて座っていた。落ち着くのを待って雅之が尋ねる。

「太陽さんはお酒は飲むんですか?」

「たくさんは飲めないですが、嫌いではないです。——お食事の前に、よろしいでしょうか。こういうの、どのタイミングで言ったらいいのかわからないもので」

太陽は香苗がビールの瓶《びん》を持つ前に、背筋を伸ばした。向かいにいる雅之、隣の香苗、少し離れた竜真を見つめる。

少し間を空けて、口を開く。

「あらためまして、山田太陽です。二十九歳、天天コーポレーション営業部に勤めています。沙名子さんとは二年ほどおつきあいさせていただいています。沙名子さんは素敵なお嬢さんで、一緒にいるととても楽しくて、日々、幸せを実感しています。ぼくは未熟者ですが、沙名子さんとともに成長できると信じています。どうか沙名子さんとの結婚をお許しください」

太陽は三人へ等分に目をやり、一言ずつ区切るように言って、頭を下げた。

隣にいる沙名子も慌《あわ》てて頭を下げる。

いきなり何を言うのだ。ここは営業のプレゼンの場ではないぞ、迷宮のダンジョンだぞ。

雅之は太陽を見つめ返している。香苗と竜真もかたずを呑《の》んで雅之を見守っている。雅之もこう見えてノリのいい男である。まさか、おまえに娘はやらんと言わないだろうなとはらはらしていたら、気を抜いたように息をひとつついた。

「――うん、まあ膝を崩して。沙名子の選んだ男性なら、こちらとしては何も言うことはないんですよ。同じ会社だから気心は知れてるだろうしね」

雅之は近くのビールの瓶を取った。太陽がコップを捧げるように持ち、雅之が注ぐ。次に雅之が持ち、太陽が注ぐ。何かの儀式のようだ。打ち合わせでもしたのか。こういうことをふたりはどこで覚えたのか。

「営業部なんですね」

最初の一口に口をつけたところで、雅之が言った。

「はい。ずっと本社勤務だったんですが、去年の春から大阪営業所に勤務しています。現在、大阪の寮に住んでいます」

「大阪」

「大阪？」

香苗と竜真が同時につぶやいた。

雅之はふたりの言葉を無視し、太陽に向き直った。

「ということは、沙名子とは遠距離……。すまんね、沙名子からは細かいことを聞いていなくて。おつきあいしている人がいると知ったのも数日前なんですよ」

「出会ったのは本社で、春に大阪勤務になりました。ふたりで話し合って、交際していることを表に出さないようにしていたんです。同じ会社で、沙名子さんが経理部、ぼくが営業部なので。でもご家族には言っておくべきでした。突然のお知らせになってしまって申し訳ありません」

太陽はよどみなく答えている。

「いや、それは仕方ないですよ。娘とは別に暮らしているし、子どもといっても別の人間ですからね。口を出すつもりはありません」

「──沙名子は頑固でしょう。不器用というか、融通が利かないというか。そのあたりで不自由はありませんか」

香苗が心配そうに言った。娘に対してそんなことを思っていたのか。

太陽は香苗に目を向けた。瞳がキラキラしている。完全に、営業相手を籠絡《ろうらく》しようとするときの瞳になっている。

「ぼくがいいかげんなので、沙名子さんにはいつも助けられています。思いがけないことも多いですが、沙名子さんもぼくに合わせてくれるし、ふたりで話し合って決めたり、寄り道や回り道をするのが楽しいです」

「結婚したら大阪に住むんですか」

竜真が尋ねた。

太陽は竜真に向き直り、丁寧に答えた。

「大阪勤務は一時的な出向で、来年の三月までということになっています。だからそれまでは別居を考えています。本来なら戻ってきたタイミングで結婚すればいいのですが、実はぼくのほうの事情で、どうしても九月に届けを出したいんです」

「九月？　どうして？」

雅之が尋ねた。

「ぼくの誕生日が八月なんです。三十歳になります。沙名子さんとは年次がひとつ違うので、できれば年齢が同じときに結婚したいと。ぼくの見栄のようなものでお恥ずかしいんですが」

「ああ――」

香苗と雅之が同時につぶやいた。納得している。

「二十九歳か……」

竜真がなぜか悔しそうにつぶやいた。

自分のほうが年上だったらよかったのにと思っていそうだ。人のことはいいから今いる会社で実績を積めと言いたくなる。目の前の太陽からは、新人ではなくベテランでもない、順調にキャリアを積んできた二十九歳の会社員という雰囲気が滲《にじ》み出ている。

「九月に入籍したとして、三月に戻れない場合もあるんじゃないですか。特に営業職だと、人事は急に変更になることもあるし」

雅之が言った。さすがに会社員生活が長いからわかっている。

太陽はうなずいた。

「そうですね。その場合は、どちらかの転職も視野に入れています。天天コーポレーションが好きなので転職はしたくないですが、ぼくは人見知りとかないですし、どこでもやっていけると思っています」

「人見知りするのは沙名子のほうだから、心配だわ」

「そんなことないですよ。天天コーポレーションの人はみんな森若さんが好きです。いちばん好きなのはぼくですけど。沙名子さんは会社でなくてはならない存在なんですよ。だから余計、ぼくの勝手でキャリアの邪魔をしたくないんです」

「とはいえ結婚してすぐの太陽さんの転職は、ちょっと困るね」

「はい。できれば避けたいです。だから会社のほうに事情を話して、確実に戻れるように交渉しようと思っています」

「――このことはふたりで話し合ってる最中だから」

沙名子はやっと口を挟んだ。

精一杯の抵抗である。仕事の話は保留中だ。沙名子が口に出せないのをいいことに、太陽は九月の入籍、三月からの同居を既成事実化させようとしている。これも営業の技なのか、太陽は策士なのか。

そもそもこれらは沙名子がタスク表を作り、逃げる太陽を捕まえて話し合ったことなのに。太陽はまるで、自分が主導で決めたような言い方をしている。

「いずれにしろ、悪いようにはしないつもりです。沙名子さんにとってもご家族にとってもいいように、ふたりで相談して決めます」

太陽は沙名子を見てうなずいた。沙名子はぎこちなくうなずく。笑ったりすればいいのだろうが、そんな余裕はない。

「変なことを聞きますけど、太陽さんと沙名子、どういういきさつで交際を始めたのかしら。この子はそういうことをまったく話してくれないものだから。どちらから先に好きになったんですか？」

香苗が尋ねた。なんということを訊くのだと沙名子はひっくり返りそうになる。斜め向かいに座った竜真がぴくりと箸を持つ手を止める。

「ぼくです」

太陽は明快に答えた。

「沙名子さんは経理部で営業部の担当でした。真面目で優しい性格に惹《ひ》かれてアタックしました。交際してからは、沙名子さんもぼくのことを好きになってくれたと信じていますが。そうですよね？」

「——まあ……そうです……」

これは何の罰ゲームだと思いつつ、沙名子は両親と弟に向かって答えた。ほかに答えようがない。雅之が息をつき、腕を組む。

「そうか……それで二年間も」

「沙名子さんとは話していて楽しいんです。世界が広がるというか、新しいことをやってみたいと思ったりして。新婚旅行にエジプトに行きたいと思ってるんですよ。自分だけだったらエジプトなんて考えてもみなかったです」

「エジプトはいいわよねえ！」

「エジプトはいいですよ」

「エジプトいいな！　俺は行ったことないんだよな」

香苗と雅之の思考が一気にエジプトに飛んだ。竜真まで賛同している。

父も母も弟も遺跡マニア、歴史マニアである。ついでにいえば母は少女漫画が大好きである。太陽がそんなことを知るはずがないが、ピンポイントで響いた。運のいい男である。

「太陽さんは二十九歳か。うちの会社に欲しいくらいだよ」

ビールを飲んでいた雅之が、突然言い出したのでびっくりした。

父、何を言う。太陽が本気にするではないか。

「よく言われます」

太陽は朗《ほが》らかに笑った。いつのまにかビールを烏龍茶《ウーロン》に変え、蟹の身を取り出すことに集中している。

ほどよく前菜とメインが終わり、コンロで締めの蟹雑炊《ぞうすい》がぐつぐつと音を立て始める。

太陽はまめまめしくあくを取り、取り皿に取り分ける。沙名子がやるべきなのかと思っているうちに動き損ねた。

ここは沙名子のホームグラウンドのはずである。なぜ太陽は知らない場所でこんなに気が利き、主導権を握ることができるのだ。

沙名子は太陽の家で、座っていることしかできなかったのに。

沙名子はうろたえながら横にいる太陽の広い肩を眺める。もしかしたら自分は思った以上にポンコツだったのか。いや、あれは沙名子のせいではない。太陽の家族が常識外だったからだ。うちの家族がセオリー通りであるのをいいことに、太陽ばかりが着々と定石を踏んでいけるのはアンフェアではないか。

沙名子はぐるぐると考えながら太陽から取り皿を受け取り、家族に配った。

「歴史上の人物ですか。誰かなあ、徳川家康《とくがわいえやす》ですかねー」

リビングで、太陽が雅之と話している。

料理店から実家に帰るまでのわずかな間に、太陽と雅之はすっかり打ち解けていた。車を運転していたのが竜真で、太陽は助手席に座ったのだが、後部座席にいる雅之と、沙名子のわからない仕事の話をして盛り上がっていた。

「織田信長《おだのぶなが》ではなくて？」

雅之はソファーに座り、身を乗り出すようにして尋ねる。

「いやー信長は荒っぽいし、秀吉《ひでよし》は怖いじゃないですか。いちばん話通じそうっていうか、普通っぽいというか。俺、いやぼく、戦うよりも平和なほうが好きなんですよ」

「あれで策士ですよ、徳川家康は」

太陽の歴史の知識は社会科の授業で習った以上のものはないと思うが、それなりに楽しそうだ。

雅之の向かいにいる太陽はスーツの上着を脱ぎ、ネクタイをゆるめて、すっかりくつろいでいる。近くには竜真がいて、ふたりの会話にときどき突っ込みをいれながらお茶を飲んでいる。

「――お父さんがあんなに喋るの初めて見た」

沙名子はキッチンで苺のヘタを取りながら、香苗にこっそりと話しかけた。

香苗は目を細めてうなずいた。

「太陽さんが上手なのよ。営業マンなんでしょう。お父さんももと営業部だから、仕事の話をできて嬉しいんじゃないかな」

「太陽さんはお喋り……じゃなくて話し好きだから、引くんじゃないかと思ってたわ」

「ちゃんと考えて喋ってると思うわよ、太陽さんは。あんたがわかってあげなくてどうするの」

香苗は真面目な顔で沙名子をたしなめた。

沙名子は苺を皿に盛り付けながら、カウンターごしに父と婚約者の姿を眺める。

もしかしたら太陽は、自分が思っていたよりも優秀……なのか……？

そして……もしかしたら、自分は思っていたよりも使えないのだろうか。

太陽の実家を訪問してからというもの、そして太陽が父親と仲良く話しているのを見るにつけ、沙名子はぐらついている。

沙名子はまったく知らない人たちに、すぐに打ち解ける自信はない。ほかの会社のことも、自分と似ていない人たちのことも知らない。

つぶしが効く——汎用性《はんよう》があるのはひょっとしたら太陽のほうで、外部に通用しないのが沙名子のほうなのか。沙名子がうまくいっているのはたまたま、天天コーポレーション経理部が合っていたからにすぎないという可能性も……。

手に力が入り、苺をひとつつぶしてしまった。なんとなく口に入れてみると、びっくりするくらい甘くて美味しかった。果物好きの母は喜ぶだろう。

「明治維新か。考えたことなかったですね。そうだなあ、やっぱり坂本龍馬《さかもとりょうま》ですかね」

「龍馬！　やっぱりそうですね。むしろ龍馬しかいかんです。あと勝海舟《かつかいしゅう》。長州薩摩《さつま》じゃなくてよかった」

雅之は太陽の言葉に深くうなずいている。雅之の尊敬する人物は坂本龍馬なのである。

少年時代に小説を読んでからというから、もはや歴史上の人物ではなくて推しキャラだと思うが、そこは父親に言ったことはない。

「私は龍馬が好きでね。男の子が生まれたら龍馬と決めていたんです。でも最初の子が女の子だったんで、龍馬ゆかりの女性、おりょう、おとめ、さな子《こ》、この三人のうちの誰かにしようと思って」

「あー、それで沙名子。いい名前ですよね。沙名子さんに合ってるな。侍《さむらい》みたいで」

「千葉《ちば》さな子は武芸家で、龍馬の師匠筋の娘さんなんですよ。いい名前を選んだと喜んでいたんですが、沙名子が年頃になって、そういえば一生独身だったということを思い出して。よく考えたら沙名子は順調におひとりさま好きの女子になっているじゃないですか。いやあこれはしまったと思って、沙名子に龍馬は現れるのかと心配になったりして」

「ぼくの責任重大ですねえ」

太陽と雅之はどっと笑った。余計なことを喋るなと沙名子は父にはらはらする。育てられた沙名子の知らないことを、初対面の男に話すんじゃない。

「あれ、でもそういえば、弟さんは竜真さん……ですよね？　男が生まれたら龍馬じゃなかったんですか」

太陽が尋ねた。

「俺もそれ不思議だったんだよね。まあどっちでもいいんだけど」

「うん……まあ、竜真は竜真であって龍馬じゃないから、まったく同じというのもな……」

「いざ出生届を出すときに怖くなったのよね。最後まで悩んでたもんね」

香苗が間に割って入り、テーブルに苺を出した。

沙名子は残りの苺にラップをかけながら、沙名子の両親と弟と、これから夫になる男を観察する。とても楽しそうである。太陽がいなくなったら火が消えたようになるのではなかろうか。

営業トークに騙されるなと沙名子は思う。太陽の本質はそれだけではないのだ。

四人は仲良く苺を食べている。入っていきづらくて、沙名子はキッチンで用を探す。自分の家なのになぜ沙名子のほうがアウェイなのだ。こんなときに猫はいないものかと見回すと、まぐろはいつのまにか太陽の横に陣取って、くっつくようにして眠っていた。太陽はまぐろの喉元《のど》を自然に撫でている。

しじみはいない。うるさい人がいると隠れてしまう猫である。しじみだけが沙名子の味方だ。

「すみません、こんな時間になってしまった。そろそろお暇《いとま》します」

きりのいいところで太陽が言った。近くに脱いであったスーツの上着を取る。

「太陽くんは大阪勤務なんですよね。今日は実家に戻るんですか?」

雅之が尋ねた。いつのまにか太陽くんになっている。そういえば太陽はお父さんと呼んでいた。ふたりとも早すぎるだろう。特に父。父がこんなふうに男性に対してくだけるとは知らなかった。

「いえ、今日はこのまま大阪に帰ります。仕事の準備もありますし」

「そうか。これからよろしく頼みます。いろいろあるだろうけど、近くに来たときは寄ってください。九月まで意外と短いですね。太陽くんのご実家にも、挨拶しなきゃならないな」

「いつでもいらしてください。うちの親も喜ぶと思います」

ネクタイを少し締め直し、コートを着ると太陽は来たときと同じ、できるビジネスマンの姿に戻った。最後まで理想的な好青年だった。

玄関を出てしばらく歩いたら、やっと太陽とふたりきりになった。

両親は門を出るところまで見送ったので、最寄りの駅まで送ると称して出てきた。夕方の遅い時間で、空は暗くなりかけている。

「――調子よすぎ。お父さんは営業相手じゃないんだから、気分よくしてどうするの」

沙名子は言った。

実家にいたというのに疲れている。太陽の訪問は成功だったとは思うが、こんなふうに進行するとは想定していなかった。雑誌の特集などもう二度と読むものか。

「気分悪くさせるよりいいだろ。年配の人は歴史好きが多いからさ、日頃から漫画で履修してるんだよ。三英傑《えいけつ》と明治維新はマストな。こんなところで役に立つとは」

太陽は上機嫌だったが、さきほどよりもテンションが低くて沙名子はほっとする。

太陽はやはり営業マンである。理詰めでなく、情と人柄で顧客を獲得していくタイプだ。本人もそのことをわかっていて、自覚的に人と関わっている。

しかし初手は成功したとしても、結婚生活は一生である。ここからどう持っていくつもりなのか。ひょっとしたらこのまま行くつもりか。それが苦ではないのか。恐ろしいことに、あと三十年経《た》ったら話し好きが加速している可能性もある。

「今日、大阪帰るの？　わたしの部屋に泊まるって言ってなかった？」

「泊まるつもりだったけど、お父さんに大阪行くって言っちゃったから帰る。これから娘さんの部屋に泊まりますとは言えないだろ。妻の実家の好感度が最優先。お父さん面白いなあ。ちょっと沙名子に似てる。俺好きだなあ」

嫌いな人などいないくせに、太陽は沙名子の父を褒めた。暢気《のんき》そうに出たばかりの星を見上げている。疲れてはいないようだ。初対面の人と話すことに慣れているからだろう。

「そういうの含めて反省会したかったんだけど」

「そんなの要らないって。大丈夫大丈夫、次までに司馬遼太郎《しばりょうたろう》読んどくから。あとエジプトの歴史について調べる。それでもう完璧」

「太陽、もしかしてわたしとつきあうときもそういうこと考えて準備してたわけ？」

太陽は意外そうに沙名子を見た。

「考えるに決まってるだろ。楽しんでもらいたいもん。むしろ沙名子、まったくそういうの考えなかったの？」

沙名子は太陽とつきあい始めた当初のことを考える。男性と交際するということが初めてだったのでいっぱいいっぱいで、太陽を楽しませる余裕などなかった。

沙名子と太陽では持っているスキルが違う。交際しているこの二年間でも変わった。そのことに沙名子はあらためて気づく。沙名子が苦労してクリアしたダンジョンを、太陽は鼻歌まじりに楽しんでいる。

「――あまり考えなかった」

正直に言うと、太陽は笑った。

「いいよ、そういうのはさ。俺の得意分野だから」

「わたしのこと、ご両親は何か言っていた?」

「いい子でびっくりしたって。俺でよかったのかって。うるさくしすぎたって反省してた」

「うるさかったけど、楽しかったよ」

「だろうと思った。ばあちゃんに会ってくれて嬉しかった。最近ちょっと弱ってきてるからさ。ありがとう」

「うん。こっちも、みんな気に入ったと思う。太陽はあまりうちの周辺にはいないタイプなの。あんなお父さん初めて見たわ」

「いい人だったな。次はいつ会えるかな」

それはこちらの台詞《せりふ》である。

駅が見えてきていた。反省会などしなくていいから、今日は一緒にいたかった。電車が止まってしまえばいいのにと思いながら、沙名子はことさらゆっくりと歩いた。


家に帰るころには真っ暗になっていた。

母はキッチンでコンロに向かい、夕食の支度をしていた。父は風呂に入っているらしく、洗面所から音が聞こえてくる。

部屋着に着替えてリビングに行くと、母が顔をあげた。

「あらお帰りなさい。今日はふたりであんたの部屋に泊まるのかと思ったのに」

「泊まらないわよ、わたしの家には入れないことにしてるから」

沙名子は焦り、太陽のために嘘をひとつつく。見え透いていても、言っておいたほうがいいこともある。

「そうなの。婚約したんだからいいと思うけど。――太陽さん、電車乗った？」

「うん。品川《しながわ》から新幹線乗るって」

「いい人ね。お父さん、すごく機嫌がいいわよ」

「――知ってる」

沙名子はキッチンに入り、母親の夕食の支度を手伝った。昼にしっかり食べたからか、今日はお雑煮《ぞうに》で軽くすませるらしい。

「太陽さん、お母さんはどう思った？」

沙名子が尋ねると、香苗は、んー、と言って空中を見つめた。

「沙名子と合う人ってどんな人かと思ったけど、こうきたかと思った。予想外だった」

「そうだよね。わたしも予想外。――でも、今日のが太陽のすべてじゃないから。それは言っておく。チャラそうに見えるけど、ちゃんとした人だから」

「あら、ぜんぜんチャラくなかったわよ。沙名子が体調崩したときに電話くれた人でしょ。苺美味しかったたし。一生懸命で可愛かったわ」

母、おまえもか。森若家は太陽のようなタイプが好きなのかもしれない。騙されるなと叫びたいが、一番好きなのはどう考えても自分なので言えない。

扉が開き、竜真が入ってきた。

「ねーちゃん帰ってきたの。あれは？　お天道様《てんとうさま》。サンライズ。昼間の空に出るやつ」

「太陽ね」

沙名子は料理をテーブルに運んだ。お椀《わん》を運んでいると、竜真が不機嫌そうに言った。

「ねーちゃん、ひとり暮らししたのって、あいつとつきあうためだったの？」

「違うよ。つきあい始めたのはそのあと」

「くっそ！　なんだよ太陽！　めっちゃイケメンじゃねーかよ！」

竜真は突然、悔しそうに太陽を褒めた。

沙名子は無視してお椀を並べる。少し安心した。竜真くらいは反発していてもいい。それがシスコンの弟の役割である。

「あんなイケメンでいい人が、ねーちゃんを好きになるわけがない。うまくいきすぎだ。詐欺《さぎ》じゃないのか。結婚したら豹変《ひょうへん》したりするんじゃないのか。そうなったら帰ってきていいからな。俺もまぐろも待ってるぞ！」

「何気に失礼なこと言わないでよ！」

「ふたりともやめなさい。竜真は箸並べて。もうすぐお父さんが出てくるから」

竜真は単純そうに見えて疑り深い。ひねくれているところは自分と同じである。いずれ太陽ともっと親しくなったら、裏も表もいいやつだということを知って愕然《がくぜん》とするに違いない。

まぐろがやってきて、沙名子と竜真の間に割って入る。しじみだけがマイペースにソファーに座り、沙名子を見てニャーと鳴いた。今日は一日どこかに隠れていたらしく、しじみを見たのは初めてである。

「まぐろめ、簡単になびきおって。しじみだけが俺の味方だ！」

竜馬はしじみを見つけてソファーに突進した。

しじみはうるさそうに竜真を受け止め、されるままになっている。沙名子は呆《あき》れて弟と猫を見つめる。太陽が森若家を完全攻略する日も遠くないと思う。勝ったのだか負けたのだかわからない。最後のボスは太陽ではないかと思った。

第三話
友人と会う

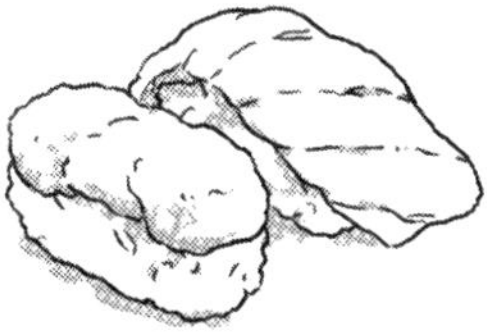

お正月明けの出勤日、沙名子《さなこ》がデスクでPCを立ち上げていると、あとから入ってきた真夕《まゆ》が沙名子を見て、不思議そうに目をぱちくりさせた。

「森若《もりわか》さん、おはようございます。——あれ」

真夕は沙名子と同じ制服姿である。黒いタイツに同じ色のローファー。休み中に美容院に行ったらしく、髪の色が明るくなっている。最近髪を伸ばしているようだ。

「おはようございます。どうかした?」

「いや、コーヒー飲んでるから。何か気合いを入れることあったかなと思って」

真夕は言った。

沙名子はいつもは紅茶なのだが、今日はなんとなくテイクアウトのコーヒーを買ってきた。クリスマスからこっち、太陽《たいよう》につきあってコーヒーばかり飲んでいたからだ。

勇太郎《ゆうたろう》はデスクでPCへ向かっている。美華《みか》は冬休みと続けて有給休暇を取っているのでいない。涼平《りょうへい》が給湯室から戻ってきて、冷蔵庫の上にポットを置き、電源をつけている。

「年始めだからね」

「年始めだからのんびりしましょうよ、森若さん。税務調査と年末調整が終わったばかりなんですから。年度決算まで息がつけると信じたい」

真夕はデスクに社内用のバッグを置きながら言った。中から大切そうに、ドリップ式のパックになっているコーヒーの袋を取り出す。袋にはお正月の赤い模様がついている。福袋の中に入っていたものかもしれない。コーヒー福袋は真夕の年明けの楽しみである。

真夕は髪が伸びても、年を越しても同じだ。冬休み中に、年末ライブだか年越しライブに行って元気をチャージしたのだろう。真夕が元気だと経理部も明るくなる。

いつもと同じという安心を沙名子は噛《か》みしめる。慣れたメンバーとの慣れた仕事。革新的なことが何ひとつなくても、ルーティンの毎日にはストレスが少ない。ストレスの塊《かたまり》のような実家訪問を終えたあとではなおさらである。これまでは当たり前のことだと思っていたが、天天《てんてん》コーポレーション経理部は得がたい職場かもしれない。

「一月は細かい締め切りが多いよ。今年から真夕ちゃんの担当だからよろしくね」

沙名子は言った。来年は自分がいないかもしれないとは言えない。

「うう……。やっぱりやらなきゃダメですか……」

「わたしはいいけど税務署が待ってくれないから」

「税務調査があってから、ラスボスは税務署のような気がしてきました。あたしも税理士資格取ろうかな。取ったら資格手当つきますよね」

「税理士、大変ですよ。槙野《まきの》さんが取ろうとして挫折《ざせつ》してました。めちゃくちゃ勉強しなきゃならないみたいです」

涼平が口を挟んだ。

涼平は真夕と同じくのほほんとしている。いつでもテンションが変わらないのは沙名子にとっては好ましい。最近は、なかなかポテンシャルが高いのではないかと思いつつある。

「勇さんは取ったんですよね。森若さんはチャレンジしないんですか?」

「——今のところ考えてないわ」

「森若さんなら取れそうですけど」

「さすがに難しいよ。税法は仕事と直接の関係はないしね。真夕ちゃんがやるなら応援する」

「勉強始めたらライブに行けなくなりますよね」

資格か——と考える。勇太郎は沙名子が入社したときにはもう勉強を始めていた。それから何年もかけて税理士資格を取った。ほとんど遊びに行くこともなく独学で勉強していて、ストレスがたまっていたと思う。働きながらでも取れるが、勇太郎でさえ数年かかったとも言える。

国家資格を持っていれば会社を辞めることにためらわなくてすむ。個人の会計事務所に勤めることもできるし、いずれ自分で事務所を開くこともできる。

どうやら自分は一生、経理関係の仕事をすることになりそうだ、と沙名子は半分くらい落胆しながら考えた。今から別の何かは目指せない。やりたいことがあるわけでもない。腹をくくるとはこのことか。

経理の仕事は面白い。書類一枚が明暗を分ける。並んだ数字で何かのうねりを感じることもある。ややこしい数字がぴたりと合ったときは鼻歌を歌いたくなるくらい気持ちがいい。太陽にはどんなに説明してもピンと来ないようだが。

自分はこの仕事が向いている。人の心は読めないが、帳簿と領収書のうしろにある意図は透けて見える。それが二十代で培《つちか》ったスキルだというのなら、三十代からはここを発展させる形で生きるしかない。

婚約したとたん、自分の可能性について考えてしまうのは皮肉なことだ。

しかしこれからは太陽がいる。金銭的にも労力的にも、負担は増えるがフォローもある。沙名子はもうソロではなく、パーティの一員なのだ。気持ちを切り替えて、ふたりで人生の難関をクリアしなくては。

太陽は沙名子の実家を訪問したあとで、すぐに大阪に帰った。

それぞれの親に相手を紹介し、結婚の許可をもらうというスタートミッションは終わった。届けを出すまであと八カ月。次のミッションは仕事と住まいだ。このふたつは連動しているので、同時に考えて太陽とすりあわせていかなくてはならない。ここが決定したら、結婚後の暮らし方を明確にすることができる。

　東京でもう少し一緒に過ごす予定だったのだが、太陽が帰ったためひとりになってしまった。時間があったので、マニキュアを塗りながら『ダンジョンズ&ドラゴンズ』を観直《み》した。今日からしばらく『ロード・オブ・ザ・リング』にひたろう。太陽に黒いコートも買ったことだし。

　決意に燃えていると、経理室に新発田《しばた》部長が入ってきた。

「あ、新発田部長、おはようございます」

「――ああ、おはよう。勇、ちょっと」

　新発田部長はすぐに勇太郎に声をかけた。今日は朝から部長会議があったのである。

「はい」

　勇太郎が立ち上がり、ふたりは並んで経理室を出て行く。

　真夕は丁寧にドリップコーヒーを淹《い》れている。涼平は分厚いファイルと首っ引きで労務関係の仕事をしている。いつもなら年始めの部内会議があるところだが、美華が出社するのを待つのだろう。

　メールを読んでいたら経理室に女性が入ってきた。総務部の由香利《ゆかり》――小林《こばやし》由香利総務課長である。由香利は経理部を見渡して、沙名子に向かってきた。

「すみません、いいですか。タクシー代です。チケットを持っていなくて、現金で払ったので」

「いいですよ。どうぞ」

沙名子は言った。ちょうどメールをひとつ読み終わったところだった。

由香利は四十代の既婚女性である。年齢は違うが、プロパーのバックオフィス社員であること、ちょうど同じ時期に昇進したこと、趣味が映画鑑賞であることなど共通点が多く、ほかの女性社員よりも少し距離が近い。

由香利が結婚したのは一昨年である。結婚したことで、天天コーポレーションで定年まで勤め上げる覚悟を決めた。周囲は結婚に反対したらしいが、自分はあの人たちのために生きているわけではないとはっきりと言った。当時はそんなものなのかと思ったが、今になると由香利も腹をくくったのだなと思う。

「去年の税務調査のですね」

沙名子が言うと、由香利はうなずいた。今日はカーディガンとシャツ、ゆるやかなパンツをはいている。課長に昇進すると同時に、制服を着るのもやめたのだ。税務調査では総務部をまとめていたし、以前よりも管理職らしくなっている。

「そうです。練馬《ねりま》のスーパー銭湯まで労務規定の確認に。雨だったのでタクシーを使いま

微妙な距離である。

練馬のスーパー銭湯には沙名子も訪れたことがあるが、駅から歩いて二十分くらいという
天天コーポレーションでは、社員がタクシーを使う場合は駅からの距離に規定がある。

沙名子はつぶやいた。

「『藍《あい》の湯』ですね。規定内でしょうか」

した」


「調べたら大丈夫でした。ダメなら私費で出そうと思ったけど」

由香利はベテランの総務課長だ。社員規定については沙名子以上に知り尽くしている。

確認せずに出してくるというようなことはない。

由香利が出ていったあとで、念のため距離を調べる。規定内だった。沙名子は経理システムのページを呼び出し、承認ボタンを押す。

ボタンを押したら気持ちがよかった。作業をひとつクリアするという満足感。このボタンによって業務が滞《とどこお》りなく回り、全国に天天石鹸《せっけん》が行き渡る。大事なことだ。これまで面倒に思っていた雑事が、重要な仕事だと思えてくる。

太陽が営業所に戻ると、恒例の会議は終わっていた。

「太陽！　どこ行ってたんや！」

デスクの前にいる先輩――田口《たぐち》から声が飛ぶ。

今日は仕事初めである。年始回りをする前に一回、全員で集まって向田《むこうだ》所長の訓示を聞くらしい。このあたりは東京本社でもあったが、強制参加ではない。仕事優先である。

「すみません！　スギエダ染色さんのところに挨拶《あいさつ》に行ってました！」

太陽は叫び返した。

大阪営業所は全体的に東京よりも口調が荒い。声の大きさや勢いで成果を判断されるところがあるので、弱気な態度は取れない。東京出身者ならなおさらである。

あちこちで電話が鳴り、挨拶や打ち合わせの声が聞こえる。営業部員が外回りに出る前、朝のこの時間というのは嫌いではない。

冬休みは沙名子の家にもう一泊する予定だったが、成り行きで早く帰ることになった。おかげで一日ゆっくりできて、体調も気力も万全である。悪くない出だしだ。

今年は人生の転機となる年である。場所は未定だが、来年は沙名子とともにお正月を過ごすのかと思うとニヤニヤしてしまう。

「杉枝《すぎえだ》さんのところ？　もう挨拶する必要ないやろ。向こうが切ってきたんだから」

「とはいってもやっぱり気になるので。杉枝さんの工場って、朝早いんですよ。色を見るのに朝の光のほうがいいとか言って。仕事始まってからだと迷惑かけることになっちゃうので、朝から行ってきました」

太陽は言った。

スギエダ染色は天天コーポレーションと取引の長い染色工場である。繊維の染色をするのに石鹼を使うのだ。それが去年末になって、経費節減のため天天コーポレーションとの契約を打ち切ると通達された。

取引がなくなるのは仕方ないが、このまま終わらせるのはしのびないので挨拶に行くことにした。こういうときに時間を空けてはいけないので、冬休み明けの朝一番である。社長から平身低頭で謝られ、大手会社の石鹼を使うことにしたと告げられた。これまでの礼を言い、新作の天天石鹼を置いて帰ってきた。

天天コーポレーションの大阪営業所は地元との密着型で、東京以上に情で動く。小さな取引先でもないがしろにはできない。

ふと沙名子のことを思い出した。沙名子が大阪に来たらどうなるのか。

おそらくすぐには馴染《なじ》めないと思う。沙名子は東京のお嬢さんなのだ。そして沙名子の両親が言っていたとおり、頑固で融通が利かず、不器用である。

プロポーズはしたものの結婚生活というものにピンと来なかったが、沙名子の実家に行ってからは根拠のない自信のようなものがわいてきている。

沙名子の両親も弟も猫も好きになれそうだし、向こうも太陽を好きになってくれるに違いない。ついに顔を見せなかった黒猫のしじみだけが不安要素だが、時間をかけて仲良くなる楽しみがあるというものである。

太陽の父は母、歩美《あゆみ》に一目惚《ぼ》れしたという。涙ぐましく運転手をして口説き落とし、真面目《まじめ》に仕事をして、百点満点の家庭を築いた。太陽は父を尊敬している。

「──そう簡単にはいかへんですよね。他社だって営業かけてるんだから。最近、杉枝さん、業績落ちてたし」

デスクで仕事の予定を見ていると、光星《こうせい》が声をかけてきた。

北村《きたむら》光星は、大阪営業所での同僚である。担当が同じで、組んであちこちを回っている。

「経費節減のためって言われたら何も言えないよ。苦しいのはお互いさまだしさ。何かあったら声をかけてくださいって言っておいた。杉枝さん、いい人なんだよなあ」

「向こうもそう思ってますよ。太陽さん、今日、運転してもらっていいっすか。ずっと神戸《こうべ》行ってて昨日の夜帰ってきて、寝たの三時なんですよ」

よく見れば光星は目をしょぼしょぼさせている。見るからに眠そうだ。

「栞《しおり》ちゃんのところ行ってたの？　正月そうそう仲いいな」

太陽は光星から社用車の鍵を受け取りながら言った。栞とは光星の婚約者の名前である。

エレベーターに乗り、少し離れた駐車場まで歩く。今日は営業といってもほぼ年始回りなので楽である。

「いやー仲良くないです。向こうは結婚したら親の家のそばに住みたいって言うし。神戸っていっても実家は奥のほうなんで、通うのしんどいんですよ。車をミニバンにしろとか言うんで喧嘩《けんか》して、仕方ないから謝ってたら夜になっちゃって。なんで俺が謝らなあかんねん。わけわからなくて眠れなかった」

「通える距離だからマシだけどなあ」

太陽は思わず言った。

太陽と沙名子は、東京と大阪のどちらに住むのか結論を先送りにしている。

光星も恋人との結婚をひかえている。今は住む家を探している最中だ。太陽が結婚という言葉を意識したのも、光星がいたからである。

つまり太陽と光星は同じ状況なわけで、こちらも愚痴《ぐち》を言いたいところだが、沙名子から会社には言うなと厳命されているのでできない。どうにも沙名子と太陽は、面倒だと思う箇所が違う。

「太陽さんはどうなんですか、結婚するんですか。森若さんと」

太陽の彼女が沙名子であると光星が知らなければ、知らん顔で相談できるのになあ――などと思っていたら、いきなり光星が言い出したので噴きそうになった。

「――なんだよそれ！　なんで知ってるんだよ！」

太陽は言った。光星は当たり前のように車のドアを開け、助手席に滑り込む。

「いや総務部の花音《かのん》さんがどこかで話してて。ほら太陽さん、クリスマスに東京行って、お正月にもとんぼ帰りで帰省したじゃないですか。そのコート絶対に彼女のプレゼントだし。結婚するのかって訊《き》いたら否定しなかったっていうから、そうなんかなーって」

そういえば総務の女性がやけにいろいろと訊いてくると思ったのだ。こういうのは東京も大阪も変わらないらしい。

「相手が森若さんだって言ってた？」

「それはバレてないです」

太陽はほっとする。職場では相手が沙名子であることを隠し、東京に彼女がいると言っておく、という中途半端なことになっているのだ。ただの社内恋愛だったら秘密にするのもわかるが、結婚が決まったからにはいいじゃないかと思うのだが、沙名子なりのタイミングというやつがあるのだろう。

「てことは太陽さん、結婚するんですか」

「うん。ていっても先の話だから言うなよ。社内結婚てことになるし、沙名……、相手の仕事にも影響する」

「言いませんよ。太陽さん、税務調査の間イライラしてたし、なんとなく、これ終わったら結婚するんやろなと思ってました」

光星は淡々《たんたん》と言った。いいかげんなところもあるが、何につけても茶化したりからかったりしないのが光星のいいところだ。

光星はシートベルトをつけ、大きなあくびをしながらスマホを取り出した。太陽は車を発車させる。

「いや大変ですよ結婚。さっさと届けを出しちゃえばいいんじゃねーのって言ったら怒られました。結婚披露宴と指輪と新婚旅行ですよ。車買い替えと妊活ですよ。俺はずっと栞ちゃんと一緒にいたいだけなのに」

「ニンカツってなんだよ」

「妊娠活動。子作りです。栞ちゃん、二十代のうちに子ども産みたいんだって。産休育休とってふたり産んで三十代前半で職場復帰して、子どもを親に預けながら働いて家買うんだって。そのライフプランのどこに俺がいてるんですか。こっちのやる気も失せますよ。

俺は子どもを助手席に乗せて六甲《ろっこう》に走りに行きたいだけなのに。栞ちゃん、車乗るなら交通ルールを守れとか言うんですよ」

「いや交通ルールは守ろうよ」

「太陽さんまで言わないでくださいよ」

「じゃ結婚やめたら？」

「あかんです。栞ちゃんめっちゃ可愛《かわい》いんです」

光星は助手席で眠そうにスマホを眺め、愚痴だかのろけだかわからないことを言った。栞も沙名子ほどではないがライフプランをきっちりと立てるタイプらしい。それとも女性とはそういうものなのか。栞の部屋に行ったときはどちらが家事をするのかと聞いてみたい。

光星はいつのまにか助手席で眠ってしまった。今日はゆっくり行くことにして、太陽は運転席の窓から大阪の景色を見つめる。

大阪の道にもずいぶん慣れた。所長や同僚には、このまま東京に戻らずにずっと大阪にいろと言われている。沙名子がいなかったら、太陽もそう思ったかもしれない。

太陽は運転しながら、沙名子の出してきたタスク表を思い出す。あれを出されたときはびっくりした。正直に言って引いた。しかしこれくらいでひるんでいては沙名子とはつきあえない。まして結婚はできない。

もうお互いの親への紹介は終わった。届けを出す日も決まった。あとは部長に言って、来年の三月に本社に戻してもらえるように確約をもらうことである。それさえ決まれば沙名子を説得して、社内結婚という形でけりがつく。三月までは単身赴任ということにして、通勤に便利なところにマンションを借りて、半年かけてゆっくりと家電をそろえればいい。どう考えてもそれがベストなのに、沙名子がなぜその案に否定的なのか太陽にはわからない。

相手先の場所に近づいてきたが、アポイントの時間まではまだあった。光星は眠っている。太陽は道の駅に車を停《と》め、しばらく寝かせてやることにする。

自動販売機でお茶を買っていたら、LINE《ライン》が入っていたことを思い出した。拓斗《たくと》――大学時代の友人からである。サークルが一緒で、彼はサッカーチームのキャプテンをやっていた。

太陽が大学時代に属していたサークルの名前はSTB。サッカーとテニスとバーベキューというイベントサークルである。

正規のサッカー部にも入っていたのだが、足を怪我《けが》した上、どんなに頑張っても一軍になれずに途中で辞めた。太陽はなんでも真ん中よりも上あたりに行けるのだが、スポーツだけは天井が高すぎる。太陽にとっては挫折である。とはいえスポーツの経験があるというのは顧客受けがよく、挫折経験も含めて営業で大げさに話したりする。

拓斗からのＬＩＮＥは年末に入っていたのだが、軽く返事をしただけで途切れていた。

今大阪なんだって？
六花《りっか》から聞いたよ
正月帰ってくるなら飲もう

ＳＴＢは仲が良く、卒業して七年も経《た》つというのに、誰かが外国に行くの、東京に戻ってきたの、結婚したのというタイミングでこういう連絡がある。太陽も日程が合えば顔を出す。

太陽は大阪に転勤になったことを彼らに伝えていなかった。伝えたのは六花——同じサークルにいた太陽の元カノらしい。六花は彼らと仲が良く、連絡を頻繁《ひんぱん》に取り合っている。

あまり会わなくなっていたのは六花のこともあった。元カノがいるグループというのは気まずいものである。しかし去年、たまたま六花と会ったら、普通に友達として話せた。新しい彼氏とは順調のようだし、沙名子とうまくいくといいねとも言われた。六花はやっぱりいいやつだと思い、太陽は嬉《うれ》しかった。もう気にする必要もないだろう。

この数年、年末や正月に仕事が入っていた。今年は正月に帰ったとは連絡したものの、結局飲むどころではなかった。

なにしろ今年は婚約者の実家訪問という一大イベントがあったのだ。時間はあっても友人と会う余裕はない。

ＬＩＮＥを眺めながら、もしも結婚披露宴をやるとしたら拓斗を呼ぶのになと思う。

年齢的にそろそろ結婚する友人が現れはじめている。結婚パーティには二回ほど参加して、営業で培った宴会芸を披露した。披露宴にサークルのメンバーを呼べば盛り上がることは間違いない。

しかしそれは沙名子が絶対に許さない。結婚式は親兄弟だけでやると言っていたが、それすらいかに効率よくできるかと考えているようだ。ウエディングドレスに憧れはないのかと尋ねてみたいが、ないと答えられそうで訊けない。

宴会芸など披露しようものなら、能面のような顔になるのに違いない。沙名子は見かけほど固い人間ではないが、笑いのツボがどこにあるのかはいまだにわからない。

太陽としては、沙名子のドレス姿は見てみたい。絶対に可愛い。試着するときには自分も行く。親族だけの集まりであっても、写真を撮りまくろうと思っている。

……まあ、披露宴がないならないで楽でいい。

とりあえず拓斗には、当分忙しくて無理だわとＬＩＮＥを返した。そして、彼女と結婚するのかと返ってきた。平日昼間なので既読がつかないかと思ったら、すぐについた。そうと返してしまったあとで、しまったと思ったがもう遅い。六花が余計なことを言ったのに違いない。

誰にも言うなよ、まだ会社にも内緒だからと慌《あわ》てて打っていたら、うしろからのそのそと光星が歩いてきた。

「――太陽さん、時間大丈夫っすか」

「あと五分くらいかな。熟睡してたから起こせなかった」

「おかげですっきりしました。顔洗ってきます」

光星が洗面所に向かっていったあとで、太陽はお茶を飲みながら息をつく。

拓斗からは、マジで？　おめでとう！　と返信が来ている。気のいい男なのである。

写真を見せてと言われたが、絶対に送らない。拓斗はいいが、いまだに学生ノリをひきずっているメンバーもいる。からかわれるし、会いたがるし、画像が出回ったら回し見されたりする。太陽はむしろ嬉しいが、沙名子はそういうのは嫌だろうと考えた。

「——森若さん、由香利さんの旦那《だんな》さんって、見たことあります?」

就業時間を過ぎていた。沙名子が軽い残業をしたあとでロッカールームに入ると、希梨《きり》香《か》に話しかけられた。

ロッカールームのソファーには希梨香と真夕がいて、並んで化粧を直している。これからお茶か食事に行くのだろう。真夕はもう着替え終わっている。ゆるやかなニットとロングスカート、スニーカーの真夕は、学生のようで可愛らしい。

「ない……ことはないかな? 写真だけど」

沙名子は答えた。

希梨香は社内ゴシップが大好きである。ロッカールームで何かの確認をされるのは珍しいことではない。言質《げんち》を取られないよう、こういうときは細心の注意を払っている。

由香利の夫は見たことがあった。結婚する前に写真が送られてきたのである。ふたりがつきあうきっかけになった、ゾンビ映画を観る会の写真だった。ゾンビメイク、ゾンビコスプレをしていたので、顔はまったくわからない。

「あたしは結婚式の写真を見せてもらいましたよ。いい人そうだった。まさかねえって思うんだけど」

真夕が言うと、希梨香は首を振った。

「いや、写真だけじゃわからないよ。つきあっているときはよくても、結婚したら変わる場合もあるし。由香利さんの旦那って、ミドフォーバツイチで無職でしょ。親からも結婚反対されていたみたいじゃん」

ロッカーを開けようとした沙名子の手がぴくりと止まる。

最近、結婚という言葉に過剰に反応しすぎていけない。

「だいたい、主夫になりたいなんて男にろくなのいないんだよ。結婚まで早かったし。由香利さんはそこそこ稼げるし、それを知ってて近寄ってきたんじゃないの？」

希梨香は片手でまぶたを持ち上げ、アイラインを引いている。真夕は気のない様子で髪を梳《と》かしながら、スマホを見ている。

「つきあったのは昇進する前だったよ」

「給料は調べればわかるじゃん。あたしは最初からやばいなって思ってた。四十代で婚活して、結婚焦っていたから、変なのつかむんじゃないかって。本人が幸せならいいのかなって思ったけど、やっぱり結婚すると化けの皮が剝がれるんだよ。何かあったらって心配だわ」

「――由香利さんに何かあったの？」

沙名子は思わず尋ねた。

由香利の夫はアルバイトで、由香利の扶養《ふよう》に入っている。生活費は由香利が稼ぎ、主な家事を夫がやる。つまり主夫だ。夫のアルバイトは趣味の延長のようなもので、ふたりで共通の趣味を楽しみながら暮らしていく。そのことは沙名子が由香利本人から聞いた。

希梨香はアイライナーをテーブルに置き、ポーチからマスカラを取り出す。

「これ秘密ですけど、去年とか、旦那が会社に迎えに来てたんですよ。会社の通用口の近くに車停めて。誰のお迎えかなって見てたら由香利さんだったの。旦那がイライラして、遅いとか、会社を辞めろとか怒ってたんだって。ほら税務調査の間って、けっこう忙しかったじゃないですか」

マスカラを塗りながら希梨香は言った。どう見ても心配そうな顔ではない。

「遅くなったから車で迎えに来るなんて、優しい人なんじゃないの」

「それだけならそうだけど、この間なんて、ランチの時間に来てたんですよ。たまたまあたしたちがいるときに見ちゃって。みんな見ないふりしたけど。真夕もいたよね」

希梨香は言った。真夕は少しけわしい顔でペットボトルのお茶を飲んでいる。否定しないところを見ると事実だろう。

「由香利さんて、ランチはお弁当だったよね」

沙名子は言った。結婚してからはお弁当を夫が作ってくれるので、希梨香たちとランチへ行くのをやめたのだ。

「そうそう。結婚してから一緒にお昼食べに行ってなかったんですけど、最近はお弁当も持ってこないんですよ。ひとりで外に食べに行ってるみたいだから誘ってみたら、青い顔していいって言うの。おかしいなって思ってたら、昨日、あたしたちが外歩いてたら公園に由香利さんがいて、旦那がわざわざやってきて、お弁当渡してたんです。おかしくないですか？　お弁当だったら朝渡せばいいじゃないですか。なんで昼にわざわざ旦那が会社までやってくるんだよって」

「主夫だからかな」

「仕事ないから暇なんですね。暇ってろくなことない。絶対に束縛してますよ。それで、昨日なんですけど――総務の石川《いしかわ》さんが見たらしいんですけど、由香利さん、駅のベンチで、ひとりで座っていたらしいんですよ」

天天コーポレーションの女性のネットワークは恐ろしい。沙名子はロッカーから私服を取り出しながら震える。これからは品川《しながわ》駅を太陽とうろうろするのはやめようと考える。

「駅のベンチって、ホームで？」

沙名子は私服を持って、カーテンで仕切られたスペースに入った。無視しようと思っても、着替えていると真夕と希梨香の声が聞こえてくる。

「そう。ホームで。帰宅時間だけど、電車が来るのに無視して、ずっと座ってたって」

「体調が悪かったとか?」

「ぼーっとして、声をかけづらい雰囲気だったんだって。あと最近、朝もめっちゃ早かったりするんだって。もしかして由香利さん、家にいたくないいんじゃないの。束縛してくる旦那って、モラハラだよね」

「旦那さん、いい人そうだったけどなあ」

真夕がつぶやいた。すかさず希梨香が真夕に向かう。

「いい人ならバツイチ無職になると思う?」

「うーん……」

「由香利さんと旦那さんって、出会いが婚活でしょ。ぶっちゃけマッチングアプリでしょ。お互いのことを何ひとつ知らずに結婚踏み切っちゃったんだよね。結婚してから本性を現したパターンかも」

「——失礼するわ」

どこまでも続く希梨香の妄想をふりきって、沙名子は外に出た。

由香利と夫のなれそめは本人から聞いている。マッチングアプリで知り合い、ゾンビ映画のイベントに誘われたのだ。マニアックな映画の趣味が合って、交際し、結婚した。週末にはふたりでホラー映画を観るという仲のいい夫婦である。

夫は前職が激務だったので体を壊して、先妻と離婚、アーリーリタイアしたと言っていた。貯金と持ち家があるので生活には困らない状態で、趣味のアルバイトで暮らしていて、そのまま由香利と再婚して扶養に入った。

結婚してから本性を現す――か……。

確か弟もそんなことを言っていた。あんなイケメンがねーちゃんを好きになるわけがない、結婚してから豹変《ひょうへん》するんじゃないかと。まったく腹が立つ。

しかし沙名子としても、太陽がなぜ自分を好きになったのかは謎である。

太陽と沙名子が会ったのはマッチングアプリではないが、交際以前の太陽のことは知らない。

元カノの六花と話した限りでは、優しいが鈍い男だった。六花を傷つけたことに気づきもしなかった。

帰宅電車は混んでいたが座れた。沙名子は電車に揺られながら、なんとなくブックマークしてある単館映画館のサイトを開く。ここには由香利の夫がコラムを載せているのだ。

筆名は小林けいた。読みやすくて面白い映画批評で、沙名子もたまに読んでいる。コラムは映画館の中で、無料の小冊子の記事としても配布されている。

このほかにもサイトに文章を書いて有料記事として販売するのと、映画館主催のイベントスタッフが由香利の夫の仕事だ。SNSのフォロワーも多く、楽しそうだ。ただし収入は由香利の扶養内。知りたくないが、給与のチェックをするのでどうしても知ってしまう。

サイトをすみずみまで見てみたが、由香利の夫の記事はなかった。

探したらすみのほうに、小林けいたの映画コラムは終了しました！　という小さいお知らせが載っていた。

イベントのサイトに移動してみた。年を越したが、去年のクリスマスのイベントのサイトが残っている。一月にも古い映画を週末に上映するイベントがあるようだ。

スタッフの名前にも小林けいたの名前はなかった。去年のハロウィンのイベントでは、受付や映画のセレクトをするスタッフに入っていたように思うが。

のんびりと趣味で働いていると言っていたのに、アルバイトの仕事も辞めている。完全な無職ということか。

由香利は、夫は家事が得意だと言っていた。完全に生活の心配がなくなり、主夫としてエネルギーを妻に注ぎ始めたのだろうか。

しかし、ランチを届けに会社の近くまで来られたら息が詰まる。

　沙名子は最近の由香利を思い出す。税務調査の総務部側の担当者だった。といっても直接の窓口の担当者は途中から玉村志保《たまむらしほ》になって、真夕は志保とやりとりをしていた。志保は事務能力が劣《おと》るので大丈夫かと思ったが、真夕と協力して、案外すんなりとこなしていた。

　由香利は感情が表情に出ないタイプなので、何かあったとしてもわからない。一番楽しそうなのは映画の話をしているときである。機会を見つけて、最近のおすすめの映画の話でもしてみようと思った。


『――だから一月いっぱいは無理かな。当分出張もないし。今度東京行ったら、吉村《よしむら》部長と話してみようと思ってる』

　タブレットの向こうで太陽が言っている。

　いつものことだが太陽は機嫌がよかった。沙名子の実家訪問で手応《てごた》えを感じたらしい。すっかり婚約者然として、図々《ずうずう》しくなったというか、こっちでは沙名子の家に泊まればいいと思い込んでいるのがしゃくにさわる。

「何を話すの？」

沙名子は爪《つめ》にネイルシールを貼りながら言った。

ネイルシールは最近見つけた。塗る楽しみはないが、複雑な模様がすぐにできる。週末である。去年の秋は税務調査にかかりきり、やっと終わってからは結婚へ向けてのタスク表作りがあったが、両親への挨拶も終え、やっと落ち着いて日々のルーティンをこなすことができる。家事を終えたあと、ひとりで爪を整えるのも久しぶりである。

『来年の三月に東京に戻してくださいって。大阪でもけっこううまくいってるから、一年も経たずに言い出すのは抵抗あるんだけど、吉村部長から頼まれてた北陸のほうは軌道に乗ったから、役割は果たした。理由聞かれたら結婚したいからって言うよ』

太陽はビールを飲みながら餃子《ぎょうざ》を食べている。最近、手作り餃子にはまっているらしい。わかりやすい男である。

「結婚するって言うの？」

沙名子は言った。

まだ言わなくていいのにと思うが、異動のことを考えると早いほうがいいのもわかる。そろそろ諦《あきら》めなくてはならないのだろう。沙名子も太陽と同じく、独身時代への未練が徐々になくなりつつある。

『言うしかないじゃん。営業所で俺、東京の彼女と結婚するってことになってるし。多分、吉村さんも知ってるよ』

「なんでそんな話になってるの」

沙名子は呆《あき》れた。プロポーズの返事をしたのは十二月である。まだ半年以上もあるのに早すぎる。素知らぬ顔でいるということができない男である。

『わかんないよ。相手が沙名子だってことは光星くんしか知らない。何かで独身かって問い合わせが来て、彼女いるって答えたことがあったから、そこからかな。いないって言っとくべきだった？』

「──そんなわけないでしょう」

『だろ？　だから仕方ないんだよ』

太陽は勝ち誇ったように言った。

太陽に、見ず知らずの女性から独身かという問い合わせの電話が来たことがあるのは知っている。ウェブサイトで写真つきのインタビュー記事が出たときだ。恋人がいますと答えるのは当然である。いないと答えられたら困る。

「もしも来年の三月でダメだって言われたらどうするの」

『そんなの今考える必要ない。交渉が先。仮に俺がもっと長く大阪勤務ってことになったって、俺は沙名子に会社を辞めてほしくないよ』

太陽ははっきりと言った。

「――だからいろいろ検討して」

『俺も検討した。その上で、来年の三月に異動できれば最適だって思ったわけだよ。お父さんだってそれで納得してたじゃん。沙名子とはこれまでだって離れてたわけだし、もう少し延びたって同じだろ』

「別居婚になるんだよ。それでもいいの？」

『だって仕方ないじゃん。転職は最終手段で、今から考えることないって。逆に沙名子、どうしてそんなに辞めたがるんだよ』

「――太陽と一緒にいたいからに決まってるでしょ！」

ついに言い訳できなくなって、沙名子は言った。手に力が入って、ネイルシールに皺《しわ》が寄ってしまった。

太陽は画面の向こうから沙名子を見つめた。

『――あ――そう……なの……？』

「――ごめん忘れて」

沙名子は言った。

太陽の言うとおり、いまでも離れているのだ。それが半年延びたからといってどう変わるものではない——と思おうとしても、どうにも自分は柔軟性が足りない。結婚するということは一緒に住むということ、太陽と一緒に生活を築いていくのだと自分に言い聞かせすぎたかもしれない。

断腸《だんちょう》の思いで気楽なひとり暮らしを諦めたというのに、別居婚と考えると抵抗したくなる。沙名子はもう、こちら側へ来てしまったのだとあらためて思う。

『いや……まあそうだよな。うん』

太陽は納得している。なぜか嬉しそうである。

「——転職が厳しいのはわかってるよ。わたしは経理スキルはともかく、人間関係がうまくいく自信はない。でも、結婚するっていうのは、片方がどっちかの世界に入っていくんじゃなくて、ふたりで新しい世界を築くものだと思ったのよ」

『うん、そりゃそうだ』

「だけど、三月までならいいよ。……それなら仕方ないよ」

『うんうん』

太陽が余裕なのがしゃくにさわる。だから言いたくなかったのだ。勘違いするなよと言いたくなるが、勘違いでないのが悔しい。

『じゃ、まずは俺が吉村さんに交渉する。その結果を見て次を考える。そうしよう』

「今からできるものじゃないと思うよ。部長が来年の、一社員の異動のことなんて考えられないよ」

『やってみなきゃわからないだろ。そこをなんとかって言葉がある。交渉ってのは断られてからが本番。吉村さんは沙名子のことを認めているから、相手が沙名子だって知ったら融通してくれるかも。新発田部長も巻き込んでさ』

「そういうのは勘弁して。結婚しても公私混同はしない。経理部は倫理的にできない。誰かのパートナーだからどうこうという評価はされたくないし、したくもない。太陽も嫌でしょう」

そういえば、そこをなんとかと太陽はよく言った。最近はなくなったが、つきあう前、締め切りを過ぎてから伝票を持ってくるときである。受け付けたくないが、ごちゃごちゃ言われるよりやったほうが面倒ではないので受け入れてしまう。最高にイライラする時間である。

わかってやっている節もあって、だから山田《やまだ》太陽は好きではなかった。断っているのにメールが来て、お茶に誘われて、ますますうっとうしくなった。

そのやり方はやめろと言いたいが、そこから沙名子の愛情を獲得して、結婚するところまできたのだから、成功したとも言える。

もしかしたら沙名子に言っていない営業テクニックを使ったのか。自分は太陽の手のひらの上で転がされていたのか。複雑な気分である。

『俺は利用できるものは利用するよ。そこは任せてほしいな。結婚相手が沙名子だってバレても、結婚するまで社内には隠してもらうようにする。吉村さんは大事なことは口堅いから大丈夫』

「――わかった。お願い」

しぶしぶ沙名子は太陽に同意した。

対人関係については、沙名子よりも太陽の得意分野である。なんだかんだ、太陽は関わるすべての人間からの信頼を築いているのだ。会社関係は太陽に任せたほうがいいのかもしれない。

タスク表を作ったときは、いざとなれば自分が退職して大阪へ行けばいいと思ったが、最近は自信がぐらついている。

部長の約束と同様に、転職サイトの情報だってあてにはできない。収入面や福利厚生面を見ても、天天コーポレーションはいいほうである。もしも太陽の異動がかなわなかったら、そのときに考えればいいことだ。

『それで、来月に一回帰ろうと思ってるんだけど、俺の友達が沙名子を紹介しろって言ってるんだよね。――一緒に食事したりするの……無理……かな?』

こうやって自分の感情と現実をすりあわせていくのだなとしみじみしていたら、急に太陽の声が気弱なものになった。


「――友達?」

沙名子が言うと、慌てたように手を振る。

『大学のサークルでいちばん仲良かったやつ。多分、六花が言ったんだと思う。つい結婚するって言っちゃって。今は茨城にいるし、会社とはまったく関係ないやつだから大丈夫だけど、会うのとか無理だよね。うん無理だ。断ろう』

「――いいわよ。ひとりなんだよね」

沙名子は言った。

太陽の大学の様子については、六花――太陽の元カノから聞いたことがある。

六花とはどういうわけか一回飲んだ。明るくて自立した女性で、同年代の独身女性ならではの悩みもあり、正直に言って気が合った。少なくとも男性の好みは同じだ。太陽の元カノなのだから、もっと憎ませてくれと思うくらいだ。

『えっ、いいの！』

太陽は目を丸くした。喜ぶより驚いている。

「――うん、披露宴をやらないことにしたからね、これくらいは」

沙名子は言った。

何もかも思うとおりにはならない。話し合いとはどちらが正しいか決めるものではなく、落としどころを探るものだ。どこかで手を打つ、妥協をしなければならない。

太陽はどこでも人気者だ。大阪でも社内外のバーベキューに参加したり、フットサルのサークルに入ったりしている。結婚すると言ったらパートナーに会わせろと言われることもあるだろうし、その全部に断り続けるのも苦痛だろう。沙名子が苦手なのをわかっていて、断ってくれるのは太陽の優しさである。

沙名子もどこかで太陽に譲らなくてはならない。太陽が、大学でも今の太陽のままだったのか知りたくもある。昔の友達に紹介したいと言われるのは悪いことではない。

「ただバーベキューはやめて。集団とすぐに仲良くなるのはわたしにはできない。個人でお茶か食事くらいなら大丈夫だけど」

沙名子は言った。このあたりがギリギリである。飲み会やバーベキューでなくてよかったと思うことにする。

『ＯＫＯＫ、わかってる。そういう段取りは得意だよ。飲むためみたいなサークルだったからさ。拓斗はわりとおとなしいほうだけど、サッカーがうまくて、俺と仲良かったんだよ』

「会うなら早いほうがいいわ。連絡ついたら教えて」

沙名子は言った。

太陽の友人にジャッジされるのは気が重いが、太陽と仲が良かったのなら悪い人間ではないだろう。六花は楽しい女性だったし、太陽の家族も全員、沙名子を歓待してくれた。

『じゃあ連絡しとく。今度帰ったときは忙しいなあ。せっかくだから式場めぐりとかしたいよな』

太陽はウキウキと言った。

「式場めぐり？」

『光星くんから聞いたんだけど、結婚決まってたら、ホテルでフレンチのフルコースが無料で食べられるらしいんだよ。デート代助かったって。今しかできないから食べに行こう』

「太陽がフレンチ好きだとは思わなかったわ」

『焼き肉食べ放題だったらもっとよかったのにと思ってるよ。焼き肉の結婚式あったら、けっこうウケると思わない？』

「絶対不評だと思う。ドレスに匂いがつくわ」

沙名子は言った。ネイルシールはすべて貼り終わり、あとはトップコートを塗るだけである。思っていたよりも綺麗《きれい》にできた。これからはこれでいこう。

金曜の夜には映画を一本観ながらマニキュアを塗るのが習慣だった。会社ではできない派手な色や模様にするのが好きだった。もう習慣とは言えなくなっているが、結婚してもときどきはこういう時間を持ちたい。

『沙名子、ウエディングドレス着たい？』

唐突に聞かれた。

沙名子は思いがけず戸惑う。『風と共に去りぬ』、『山猫』、『高慢と偏見とゾンビ』、ドレスが出てくる映画が頭をめぐる。『タイタニック』も大好きである。太陽には言っていないが、ネットにある英国王族の儀式は全部観ている。

「……まあ……多少はね……」

『よかった。じゃあ試着してもいいな。俺もタキシード着るからさ。節約モードだから贅《ぜい》沢《たく》できないけど、せっかく会うんだから楽しく過ごそう』

太陽はタブレットの向こうから、まっすぐに沙名子を見て言った。

「うん、待ってる」

そんなつもりはなかったのに、やけに殊勝な雰囲気になってしまい、沙名子は焦った。

沙名子は公園のベンチで、コーヒーを飲みながらスマホを見ていた。

試食ができるブライダルフェアは意外と多く、なかなか数件に絞り込めない。社内で検索するのははばかられるので、弁当を食べたあとで外に出てきたのである。

料理も大事だがドレスも大事だ。太陽の両親は車で来るのかもしれず、お酒を飲むことを考えると泊まれたほうがいいかもしれない。となるとホテルになる。

太陽が二月か三月のどこかで有休と週末を組み合わせて来るにしても、その間に太陽の友達に会わねばならず、太陽は吉村部長とも話さねばならず、そんなに時間はない。太陽はフレンチを食べられればいいと言っているが、どうせ行くなら結婚式兼両家顔合わせをする場所を決めてしまいたい。いいところは一年前から予約で埋まるらしいので、けして早くはない。

いくつかの目処《めど》をつけていると、少し離れたファストフード店から、由香利が出てくるのが見えた。

見間違いかと思った。由香利は、沙名子と同じく弁当派である。ファストフードが好きだと聞いたことはない。独身のときは希梨香や、同じ総務部の窓花《まどか》たちと外にランチに行っていたが、結婚してからは夫が毎朝、お弁当を手作りしているはずだ。

最近は旦那のお弁当を持ってこなくなった、しかしランチの時間に届けに来る——と、希梨香は言っていたが。

そういえばこの公園は希梨香が言っていた、由香利と夫が会っていた場所である。

「——あ」

気づかずに行ってくれればと願ったが、きょろきょろとあたりを見回した由香利と、目が合ってしまった。

ベンチの空きはほかにはなかった。沙名子は横にずれた。

「どうぞ。由香利さん」

「——ありがとう。中で食べようと思っていたんだけど、混んでいて座れなくて」

由香利は分厚いダウンジャケットを着ていた。沙名子もコートを着ている。空気は冷たいが、天気がいいので気持ちがいい。空の高い日である。

由香利はファストフードの袋の中からポテトを出した。かたわらにバッグを置き、ゆっくりと食べ始める。

「最近はお弁当じゃないんですか」

沙名子は言った。由香利が買ってきたのはどうやらポテトのＬサイズ、それもふたつ分らしい。ハンバーガーは入っていないようだ。

「そうですね。今は夫が忙しくて」

由香利は言葉を濁《にご》した。

「映画のコラム、終わっちゃうんですよね。この間読もうと思ったらなくて、残念でした。好きだったので」

沙名子が言うと、由香利は嬉しそうに笑った。

「連載はひとまず終わりますけど、映画評は不定期で載せてもらえる予定です。しばらく新しい映画を観る余裕がなかったんですけど、今は落ち着いてきたので。わたしも税務調査があったから、映画館に行けなかったんです」

「ダンジョンズ＆ドラゴンズは観ました？」

「観ました！　最初はどうだろうと思ったんだけど、観ておけって言われて」

「セクシーパラディンいいですね」

「わたしはドラゴンがいいですね」

由香利は言った。映画の話になるといきなり饒舌《じょうぜつ》になる。由香利はイケメンのキャラクターには目もくれず、ゾンビや怪獣が好きなのである。

「税務調査、無事終わってよかったですね。わたしは配信のドラマを消化しはじめたところです。頑張らないとついていけない」

「わたしもですよ。面白いのばかりで迷いますよね。最近、やっと家でゆっくりできるようになったんです」

由香利は笑った。手はファストフードの袋に行き、ポテトとペットボトルの水を交互に飲む。ゆっくりとLふたつ分のポテトが減っていく。

「まさかこんなときにって思ったけど。無事に終わって本当によかった」

由香利は冬の空を見つめ、ひとりごとのように言った。その声がこれまでになく幸せそうで、沙名子は思わず目を細めた。


丸《まる》の内《うち》改札を出たところにいると、太陽が早足で歩いてくるのが見えた。沙名子を見つけ、改札を抜けてもいないのに手を振ってくる。

「──はーやっと着いた！　今日、朝に会社行っててさ。月曜に休むって上には言ってたんだけど、システムに申請してなかったことに気づいて。新幹線乗り遅れるかと思った」

太陽は休みの日らしくダウンジャケットとデニムを着て、黒いリュックサックを背負っていた。泊まる準備をしてきたのだろう。

そろそろ太陽の着替えを沙名子の部屋に置かなければならない。――抵抗がないと言ったら嘘《うそ》になるが、仕方がない。

「大阪営業所に寄ってから来たの？」

「行くのはいいんだよ。ちゃっちゃと作業して抜ければ問題ないんだけど、土曜出勤のやつが話しかけてくるから面倒くさい。うちも勤務管理、スマホでできればいいのにな」

太陽は久しぶりに会うと、普段にもましてお喋《しゃべ》りになる。

「浜野《はまの》さんとはお店で待ち合わせなの？」

肩を並べて歩き出しながら、沙名子は言った。

今日は太陽の大学時代の友人――浜野拓斗と会う。

予定を合わせてくれるというので、太陽が来たその足で食事に行くことにした。さもないと休みの間、ずっと考え続けてしまう。面倒だがやらなければならないことは、先にやってしまうに限る。

浜野拓斗は元カノ――六花とも友人である。何を着るべきか迷ったが、結局、無難なオフィスカジュアルにした。沙名子は山手線《やまのて》を見回せば必ずいるような量産型の女性会社員である。それでいい。これが一番落ち着く。

「店の近く。向こうが予約してくれてるから。大丈夫だよ、拓斗いいやつだから」

太陽のいいやつはハードルが低くてあてにならないのだが、いいやつというからには普通の男性なのだろう。性格の悪い人間のことは、ああみえて悪いやつじゃないと言う。太陽にとって悪いやつとはどんな人間なのか知りたいところである。

「おー！　太陽、久しぶりだな！」

待ち合わせのファッションビルの一角に、男性が立っていた。

量販店のものらしい紺色のコートとパンツ。いかにもサラリーマンの休日といったカジュアルな二十代の男性である。小柄だが体はがっしりとして筋肉質だ。

「おー！　今何やってんだよ拓斗、亮太《りょうた》の結婚のとき以来だな。引っ越したんだって？」

太陽が言った。いかにも友達同士といった口調になっている。

「転職したんだよ。茨城いいよ」

「茨城びっくりだよ。でもよかったよな、やりたいことやるのが一番だよ。今日、わざわざ来たの？」

「そうそう。みんなにも会いたかったから。こんなことでもないと会う機会ないしな。

――えーとこちらが、太陽の――」

「そう彼女。ていうか婚約者。森若沙名子さん」

太陽が少し照れくさそうに沙名子を紹介した。

「――こんにちは、浜野拓斗です」

拓斗は爽《さわ》やかに言った。

「森若沙名子です」

沙名子が言うと、拓斗は頭を下げた。人の良さそうな笑顔になる。

「太陽が結婚かあ……、いや、そうだよね。亮太も結婚したんだし。太陽は昔からモテてましたよ。老若男女問わず。あ、浮気はしないですけど」

「知っています」

「俺らのサークル、子ども相手にボランティアしてたんですよ。サッカー教えて、ついでにバーベキューするの。太陽は子どもの面倒見がめちゃくちゃよくてね。ひっついて離れない子がいたりして。森若さんは、太陽とどうやって知り合ったんですか」

久しぶりに太陽と会うというのに、拓斗は沙名子に向かって話していた。やはり太陽の親友である。仲間内で騒ぐサークルといっても、初対面の人間に気をつかえる男性であったことに沙名子はほっとした。

拓斗が予約した店はファッションビルの中にあった。沙名子が希望した通り、焼き肉でもビールや餃子の店でもなく、上品な和食店である。

エスカレーターで昇り、店の中へ入ると、和装の女性店員が出迎える。

「浜野様ですね。どうぞこちらへ。個室をご用意しています」

「ありがとうございます」

太陽と沙名子と拓斗は靴を下駄箱に入れ、女性店員についていく。女性は一番奥の引き戸まで案内し、にこやかに言った。

「もう皆様お越しになっていますよ」

「え、皆様？」

嫌な予感がした。

会うのは浜野さんだけじゃなかったの——と太陽に尋ねる暇もなく、引き戸が開いた。

同時に、パンパン！　と、クラッカーが鳴った。

「山田太陽くん、沙名子さん、婚約おめでとう！」

音頭を取って叫ぶのは、引き戸のそばにいた男性である。

部屋の中央にぶら下げたくす玉が割れた。くす玉からは、「おめでとう！　山田太陽くん　沙名子さん」と書いた紙がぶら下がっている。

近くにいた男性が、さらにクラッカーを鳴らし、全員が拍手をした。クラッカーと拍手の音とともに、色とりどりの飾りが三人の頭へとふりかかった。

沙名子は個室の入り口で立ちすくみ、あとずさった。

これはなんなのだ。

沙名子は顔にかかったクラッカーの飾りを払いのけ、よろけるように入り口の柱をつかんだ。

広い個室だった。中にいたのは全部で十人ほどである。八人が男性、残りふたりが女性——彼らが太陽の仲間ということなのか。なんのためにここにいる。

拓斗も、太陽もグルなのか。今日、沙名子は拓斗と食事をするとは聞いていたが、十人の人間と会うなんてまったく聞いていなかった。

太陽が困ったように沙名子に手をのばし、沙名子は太陽の手を振り払った。

これはだまし討ちだ。

「——いやー太陽さん、驚きましたよ！　ついに年貢の納め時ですが、今の感想はいかがですか！」

音頭を取った男性が太陽に、マイクに見立てた手をつき出す。

「いかがも何も、俺聞いてないんだけど！　拓斗、なんでこうなってんだよ！」

「俺だって知らねえよ！」

「知らないわけないだろ！」

「まあいいじゃないですか太陽さん。最愛の女性をゲットしたんだから。——あ、あと沙名子さん、どうぞこちらへ」

「沙名子さん、太陽のどこを好きになったんですか？」

「出会いはどちらですか」

　ふたりの男性が続けざまに尋ねた。体も声も大きいので怖くて、沙名子は怯《おび》えた。

　最初のショックが和《やわ》らぐと、怯えるのと同時に怒りがわいてきた。

　沙名子は必死になって落としどころを探しているのに、無関係の人間が踏み込んできた。この人たちは沙名子を、自分の喜びの材料にしようとしている。太陽のため、友情のためという名前を借りて、人の意思を無視して楽しんでいる。

　だが沙名子は何も言えない。十人の敵が沙名子を見つめている。太陽はヘラヘラと笑っていて味方にならない。

　逃げる。わたしが逃げたら太陽は友達を失うのではないか。婚約者がそんなことをしていいのか。それでも逃げる。

　これが結婚なら、結婚なんかしなくていい。

「――森若さん、ちょっと外行きましょ」

女性が声をかけてきた。

誰かと思ったら、六花だった。

六花――太陽の元カノは、部屋の中央で一緒に拍手をしていた女性だった。気の合う女性だと思っていたのに。おまえもこいつらの仲間か。一気に怒りが込み上げる。

頭ではいろいろ考えているのに、体が動かない。

六花が沙名子の腕を取り、引き戸を開けた。無理やり外に出る。もうひとり、女性が出てきてあとに続き、挟まれるようにして沙名子は忌《い》まわしい個室を後にした。

「――森若さん、もしかして今日のこと、聞いてなかったの？」

玄関まで歩いてくると、六花が尋ねてきた。

沙名子は六花を無視して靴を履き、早足で外に出る。六花ともうひとりの女性が、うしろから慌てたようについてくる。

「ごめん、あいつら、こういうの好きだから……。誰かが結婚するとなるとやるのよ。わたしもやられた。自分がすっごく嫌だったから、まさかサプライズじゃないよねって亮太にしっかり確認したんだよ。そうしたら違うって言ってたのに」

「誰に？　太陽が知ってたってこと？」

思わずもうひとりの女性に向かって沙名子は食ってかかった。目に涙が浮かびそうになる。太陽が知っていて黙っていたのなら、本当に婚約破棄してやる。

「美穂《みほ》もあれ、嫌だったの？　楽しそうに見えたけど」

六花が尋ねた。

美穂と呼ばれた女性は、みるからに不快そうな顔になる。

「嫌に決まってるでしょ。亮太が喜んでるから嫌じゃないふりしたけど、写真まで撮られて最悪だった。わたしはまだサークルにいたからいいけど、太陽の彼女は初対面なんだから、絶対にサプライズはやめなよって言ったのよ。太陽まで嫌われるからって。そうしたらわかったって。嘘ついてたんだね。家に帰ったらシメてやる」

「だよね……。わたしも、おかしいと思ったんだよ。自分のときは、絶対に事後報告にしようと思った」

「やっていいサプライズは皿洗いだけだよ。なのにあいつら、なぜかそっちはしない」

ふたりとも怒っていた。ああ味方がいたと沙名子は思う。全員が敵ではなかった。このふたりはわかってくれている。それだけで救われる気がした。太陽なんかよりよほど頼りになる。

「……すみません。ありがとうございました」

沙名子は言った。ハンカチで涙を拭くと調子が戻ってきた。美穂と六花はほっとしたようにうなずいた。

「六花、森若さんと仲いいんだね。意外だわ」

「一回飲んだ仲よ。――とにかく座ろう。森若さん、びっくりしたでしょう。太陽は知らないと思うから、嫌いにならないであげて」

「浜野拓斗さんは？」

「拓ちゃんも知らないと思う、拓ちゃんは太陽がめっちゃ好きだからサークルにいただけで、こういうのに参加する人じゃないの。――もううるさいな、何だよ」

六花のスマホが鳴っていた。六花はスマホを持って壁際に行き、しばらく話して戻ってくる。

「こっちは女子で盛り上がってるから、勝手にやっといてって言っといた」

「それでいいよ。まずは少し歩こう。アイスとか食べたくない？」

六花と美穂は交互に言った。ああいうサークルに入っていただけあって、ふたりともかいがいしくて話し好きだ。

歩き出す前に沙名子は自分のスマホを見る。太陽から何かが入っているが見る気にならない。

太陽の友達と楽しい時間を過ごすため、あれこれと悩んでいた時間はなんだったのだ。怒りが再燃する前に、沙名子はスマホをバッグのポケットに入れ、ファスナーを閉めた。


「ええ？　何？　沙名子さん連れてこれないの？　なんで？」

太陽のかたわらで、小田《おだ》がスマホに向かって話している。

「小田、もういいから。言ったじゃん、沙名子って人見知りするんだよ」

太陽ははらはらしながら言った。

小田の通話相手は六花である。六花と沙名子と、もうひとりの女性メンバーである美穂とともに三人で出ていった。今は六花のそばに沙名子がいるらしい。

小田は太陽と同学年で、サークルのバーベキュー部門を仕切るリーダーである。社会人になってからも率先して飲み会の幹事をやっているのだが、いまだに学生のようなノリで、やりにくいと感じることもある。卒業して何年も経てば、そうそうバカ話で笑っていられないし、環境が変わって触れてはいけない話題というものもできてくる。太陽も昔ほど無茶な飲み方はできない。

サプライズは禁止——というのは、沙名子とつきあう前に言われたことだ。沙名子は突発的なことに弱い。何につけても予定を立ててこなしていくのが好きなのだ。初対面の人と話すのも、驚かされるのも、注目されるのも、集団での飲み会も苦手だ。

……この時期に、沙名子の嫌いなものがフルコースで出てくるとは……。

ビールを飲むが味がしない。スマホを開いても当然、何も入っていない。

太陽はこういう会は嫌いではない。むしろ大歓迎である。友人が、自分たちのことを思って開いてくれたものなのだ。以前、サークル内で結婚した人が出たときもサプライズパーティをやったが、夫の亮太も、妻の美穂も、ともに楽しそうだった。

亮太は太陽の向かいで、浴びるようにビールを飲んでいる。妻が沙名子と出ていってしまったので解放されたようだ。美穂を呼び戻さないと面倒くさいことになる。

美穂のように沙名子もこういう集まりを楽しんでくれたらやりやすいのだが、そうでないのだから仕方がない。

とりあえず、ごめん先に家に帰っていて、俺もできるだけ早く帰るからとメッセージを送ったが、返事はなかった。

「——太陽、悪かった。俺は知らなかった。このあとでみんなと会うつもりだったから、小田に店の名前を教えちゃったんだよ……」

　隣にいた拓斗が気まずそうに言った。責任を感じているらしい。

「いやいいけど。拓斗を沙名子に紹介したかったから残念だよ。ろくに話してないよな」

「うん。でも、太陽が好きなのはわかった」

「沙名子も、拓斗はわりと好きな感じだったな。沙名子の好みって、俺、いまいちわからないんだけど」

　太陽は言った。太陽も、沙名子が拓斗と会ってくれると言ったとき嬉しかった。拓斗は太陽と同じサッカー部からの挫折組で、男ばかりの体育会系育ちにしては女性に気づかいのできる男である。最近になってサッカー関係の仕事に転職したので、その話をするのを楽しみにしていた。

　拓斗には、沙名子は初対面の人が苦手だからと前もって言い含めてあった。

　拓斗と会ったのは沙名子なりの譲歩だったのに、こんなふうにぶち壊すとは、太陽もサプライズの発案者に怒りたい気分だ。

「──いや盛り上がるんなら一緒に盛り上がろうよ。別にとって食うわけじゃないんだし。今どこにいるの？　とりあえず迎えに」

　横では小田がまだ話していた。言葉を止め、ため息をつく。

「切れた。――ったく、あいつらつきあい悪いわ」

「俺は別にいいよ。沙名子と会うのは諦めてくれ。こういうのマジで苦手なんだよ。無理言うと俺が婚約破棄される」

太陽は言った。内心では咄嗟《とっさ》に沙名子を外に連れ出した六花に感謝している。昔からこういうときに頼りになるのだ。ふたりが顔みしりでよかった。

「いや、俺のほうこそ悪かった。真面目か。太陽の結婚相手なのに」

「マイペースなんだよ。今度からは何かあるなら前もって言ってくれ」

「ちょっと心配になるな。これくらいで逃げて、社会人としてやっていけるの？」

小田は言った。悪気はないと思うが不快になる。沙名子ほどまっとうな社会人は見たことがない、おまえは三回転職しているだろうがと言いたくなる。

「俺がいいんだからいいんだよ」

太陽は適当に答え、次のビールと料理を頼むためにメニュー表を取った。

ごめん、先に家に帰っていて
俺もできるだけ早く帰るから

終わった
少し拓斗と話してから帰る
沙名子
返事くれ

電車を降りたところで、沙名子はいやいやスマホを取り上げた。太陽から三つ連絡が入っている。さすがに返事をしなければならないと思うが、どうしてもその気になれない。

データのやりとりをするために開設したＳｌａｃｋが、ＬＩＮＥのようになっている。六花と美穂と一緒にアイスを食べ、食事に行こうという誘いを断って、やっとひとりになれた。サークルの中に美穂の夫がいるらしいから、グループには連絡が行っているだろう。

六花と美穂は、太陽と拓斗も知らなかったのだろうと言った。ふたりとも沙名子同様、クラッカーが鳴ったときにびっくりしていたらしい。

そこは沙名子も同意する。太陽は人の嫌がることをしない。沙名子を無理やり仲間のパーティに参加させたところで、誰も楽しくならないということもわかっている。沙名子は美穂のように、内心怒りながら楽しそうなふりをすることなどできない。

発端は、六花が、太陽は今の彼女と結婚するかもとちらっと言ってしまったことだった。それを知った拓斗が太陽に連絡を取って食事をすることになり、拓斗が東京に来るのが久しぶりなので、食事のあとで仲間が集まることになった。

それが、いつのまにか太陽と一緒に食事をすることになったからと美穂が夫から知らされた。拓斗のいるグループＬＩＮＥではそういう話は出なかったので、おかしいなと思いつつ了承したという。

サプライズじゃないだろうなと美穂は夫に念押ししたが、違うと言われて納得していた。夫のほうも太陽が知っていると思っていたのかもしれない。そのあたりの、誰がどう了解していたのか、知っていたのかというのは、仕事でない集団ではうやむやになりがちだ。そして立ち回りのうまい人間がいちばん優秀そうに見える。これだから責任の所在がしっかりしていない組織は苦手なのである。

改札を抜けて、外を見たら小雨が降っていた。

太陽はやきもきして返事を待っているだろう。ホテルを取っていないので、沙名子がいなければ泊まる場所がなくなる。太陽は傘を持っているだろうか。心配である。

沙名子は駅ビルを歩きながらスマホを取り出す。

せっかくだからゆっくりと友達と話せばいいよと言えばいいのか。

それとも、サプライズは大嫌いだと言ってあったはず、あなたの友達は最低だと責めればいいのか。空気を悪くしてごめんなさいと謝ればいいのか。それはしたくない。太陽だって何もしていないのに、怒られても謝られても困るだろう。

しかし、何か言ってやらないと気がすまない。

太陽のせいではないのがわかっていても、どうやって許したらいいのかわからない。

こういうとき自分をなだめるのには時間がかかる。それは自分でわかっている。ひとりになれるならいいが、太陽が家に来る以上、どこかで切り替えなくてはならない。こんな気持ちでブライダルフェアになど行けない。

考えていたら、いつもの寿司《すし》店の前を通りかかった。

婚約する前は、一仕事を終えたご褒美によく来ていた。イートインだが目の前で握ってくれる。そして店員に椙田《すぎた》がいる。

最近はまったく来ていなかったが、まだ彼はいるだろうか……。

そっと覗《のぞ》いてみると、白い仕事服を着ている椙田がいた。今日は遅番らしい。彼は沙名子に目をやり、いつものように言った。

「いらっしゃい」

……いい声である。

低くてよく響く。乾いた心に染み渡る。彼の声と握る寿司は、沙名子のひそかな贅沢であり、ストレスを解消するための手段である。

そういえば空腹だった。沙名子はそっと店に入り、カウンターの前に座る。

「何を握りましょうか」

「何がおすすめですか」

「今ならハマチと、鯛《たい》の昆布《こぶ》締めですね」

「ではそれを」

沙名子はお茶とおしぼりを出される前にスマホを取り出した。

駅で待っていると送信すると、太陽からすぐに返事が送られてきた。あと三十分くらいで着くらしい。

「中トロと雲丹《うに》もお願いします」

「中トロと雲丹ですね。雲丹は軍艦でいいですか」

「握ることもできるんですか」

「できますよ」

結婚しても、この店は絶対に太陽に教えない。たまにひとりで椙田の声を聞きに——じゃない、美味《おい》しいお寿司をひとりで食べに来る。これでイーブンだと思った。


沙名子は改札の前で待っていた。太陽はすぐに沙名子を見つけた。

「雨が降ってるから待ってた。傘持ってる？」

沙名子は言った。穏やかだったので太陽は安心する。怒っていないようだ。

「持ってないよ。沙名子がいて助かった。さっきは悪かったよ、俺も拓斗もぜんぜん知らされてなくて。何か食べた？」

太陽は沙名子に謝った。たとえ太陽のせいでなくても謝っておかなければならない。油断すると沙名子はいきなり扉を閉める。つきあいが長いのでわかっている。閉まる前にすかさず足を差し入れるのが夫というものである。少しくらい痛くても、閉まった扉を叩き続けるよりよほどいい。

「お寿司食べた。わたしも太陽の友達に申し訳なかったわ。ああいうの、どうしてもダメなのよ」

「もうしないよ。あいつらにも言っておいたから」

「うん。でも浜野さんと話せてよかった」

沙名子は六花と美穂と寿司を食べたらしい。太陽はふたりに感謝する。女性だけであっても、沙名子が太陽の友人と仲良くなってくれたら嬉しいというものだ。

駅を出ると、沙名子が折りたたみの傘を開いた。

太陽は沙名子から傘を受け取り、ふたりでひとつの傘に入る。雨が強くなってきたので抱き寄せると、沙名子は太陽に体を寄せてくる。

早く仲直りをしたくて、太陽はいつもより早足で歩いた。


沙名子が駅で帰りの電車を待っていると、ホームのベンチに由香利が座っているのが見えた。

決算期前の慌ただしい時期になっていた。例年なら毎日残業なのだが、今年は経理部が六人体制なので、今のところ定時で帰れる。税務調査を乗り越えて、涼平と真夕のスキルがあがった。去年の合併に伴う忙しさを思うと嘘のようだ。

由香利はベンチに座って本を読んでいた。電車が来たので目をやるが、満員なのを見てまた本に目を落とす。

「――由香利さん、こんにちは」

沙名子は由香利に声をかけた。

由香利は沙名子を見上げ、微笑《ほほえ》んだ。

「こんにちは、森若さん」

「電車、混んでいますね。通勤時間だから当たり前ですけど、嫌になりますね」

「今だけですね。あと三十分くらいしたら空くんです。そうしたら乗ります。座れないのはいいんだけど、ぎっしりなのが怖くて」

由香利は言った。そうだろうと思っていた。

由香利はゆるやかなニットとパンツを着ている。体のラインが出ない服装だが、よくみればお腹《なか》がふっくらとしている。太っただけなのかどうか、わからない程度である。

いつからか希梨香もほかの女性社員も、ぴたりと由香利の噂話《うわさ》をしなくなった。希梨香などは由香利が重そうなファイルを持っていると飛んでいって、持ちましょうかと手伝う始末である。彼女なりに申し訳なかったと思っているのかもしれない。だが直接には言わない。これだから希梨香は嫌いになれない。

「――わたし、妊娠しているんです」

沙名子もほかの女性も、由香利が言わない限りは尋ねることはない――と思っていると、由香利がゆっくりと口に出した。

「おめでとうございます」

沙名子は言った。

由香利ははにかむように沙名子を見た。腹を庇《かば》うようにバッグを持ち直す。

「まだ大沢《おおさわ》部長と窓花さんにしか言っていないんです。いい歳なのに恥ずかしいですけど、こればかりは隠せることじゃないですよね」

「四十代で出産される方はたくさんいますよ。体調はいいんですか」

「やっと大丈夫になったんです。一時期はごはんが食べられなくて、妊娠しているのに痩《や》せてしまいました。わかったのがちょうど税務調査と重なっていたから、夫なんかは心配して、会社を辞めろと言ったりして。そんなことを言ったって、辞めたら生活できないじゃないですか。だから必死でしたよ。税務調査は、志保さんが頑張ってくれたから助かりました」

「だからお弁当を持ってこなくなったんですね」

沙名子が言うと、由香利はおかしそうに笑った。

「そう。でも、ポテトだけは食べられたんですよ。不思議なことに。ポテトで命をつないでて、ファストフードで並んでたら倒れそうになっちゃって。外で食べるのは寒いし、添加物も怖いから、夫が家で揚げて持ってきてくれて、車の中で食べたりしてました。そこまでやらなくていいのに、夫のほうが必死になっちゃって」

「旦那さん、まめな方ですね」

「夫は離婚歴があるんだけど、子どもは初めてなんです。わたしもですけど。だから右往左往して。就職もしましたよ」

　由香利の夫が就職したことは推測がついていた。最近になって、社会保険の扶養家族から抜けたのである。

「夫の仕事、経理なんですよ。銀行員だった時代の知人から紹介されて。契約社員だけど、フルフレックス、フルリモートでいいんですって。びっくりしますね。労務管理をどうしているんだろうってつい考えちゃう」

「経理なんですか」

　沙名子は言った。由香利の夫がもとメガバンクの銀行員だということは聞いていたが、四十代ですぐに就職できるとは素晴らしい。沙名子も銀行に就職すればよかったか。フルフレックス、フルリモートの会社を紹介してくれと言いたくなる。

　由香利はうなずいた。

「仕事のストレスで体を壊したことがあるから、無理してほしくないんですけど。子どもが生まれるからにはちゃんと働くって」

「由香利さんはずっと仕事を続けられるんですか?」

「問題がない限りは定年まで働く予定です。夫が家事が得意だっていうのはありがたいですよ。やっと安定してきたので、先月はふたりで、『ローズマリーの赤ちゃん』を観ました」

「胎教《たいきょう》にはよろしくないような気もしますが」

「いつか三人で映画を観に行きたいんですよ」

次の電車がホームにすべりこんできていた。まだ混んでいるようだ。由香利は遠くを見るように目を細めた。

「夫婦で映画観ながらのんびり暮らしていこうと思っていたのに、人生計画がひっくりかえっちゃいました。でもよかったです。わたしの仕事は窓花さんと志保さんに、産休を取るまでに引き継いでおきます。うちの会社も、リモートを選べるようになればいいですね」

「そう思います」

沙名子は同意した。

由香利に一礼し、電車に乗るためにベンチを離れる。

太陽は大阪営業所で光星を待っていた。

先日の東京行きはまずまずだった。小田が余計なことをして拓斗との食事会をぶち壊したのでどうなることかと思ったが、沙名子は怒っていなかった。

沙名子も言うほどああいう会が苦手ではないのかもしれない。バーベキューもやってみたら平気かなと考える。

喧嘩をしたら、その都度仲直りをすればいい。帰るところが同じなのだからせざるを得ない。沙名子がサプライズが嫌いなら、太陽はトゲトゲした雰囲気が何より嫌いだ。

光星は今日の朝、所長に用事があると言って所長室に行ったきりである。ほかの部員が外回りに出始めて、営業所は閑散《かんさん》としている。

車の鍵をもてあそびながら光星を待っていたら、フロアに入ってくるのが見えた。

「太陽さんすみません、もう終わったんで」

「何かあったの？」

「一身上の報告です」

光星はデスクの上のビジネスリュックを取り上げながら言った。太陽は納得し、社用車の鍵を持って歩き始める。

「結婚報告か。住むところが決まってからって言ってたから、もう少し後だと思ってたよ。いいところ見つかった？」

太陽は言った。光星はこのところずっと、結婚後の住まいを探していたのだ。ふたりの意見の合う物件がなかなかないのと、年度末は引っ越し業者の予約が取れないので、結婚と引っ越しは四月以降にすると言っていた。

「いいも何も、全部飛びました。今週末に届けを出しに行きます。住むのは三宮《さんのみや》駅前です。先に引っ越して、来月に結婚式します」

「急だな」

太陽は言った。ずっともめていたのが嘘のようである。光星はエレベーターのボタンを押しながらうなずいた。

「予定外にそういうことになりました。来週も有休取ります。全部、前倒ししまくりです。お正月、栞ちゃんと仲良くしすぎました」

「なんだよ仲良くって」

ちょうどエレベーターが来たのでふたりは乗り込む。ほかには誰もいなかった。光星は少しばつの悪い顔をしていたが、声をひそめた。

「――ほかの人に言わんでくださいよ。所長にも言ってないし。もう少し秘密にしろって栞ちゃんに言われてるんで。子どもできたんですよ。前倒しで」

太陽はびっくりして光星を見た。

エレベーターが止まり、会社の外に出る。

「喧嘩してやる気も失せたって言ってなかった？」

「やる気は失せたけどやってないとは言ってません」

「やる気満々じゃねーか！　何言ってんだ！」

太陽は呆れた。去年は彼女なんて手間がかかって面倒くさいと言っていたというのに、来年には子どもを抱いているのか。早すぎないか。高速を飛ばしすぎると思っていたが、人生も最速の男なのか。

「よかったな、おめでとう、幸せになれよ！」

「すんません。だって栞ちゃん可愛いんですよ！」

早足で駐車場へ向かう太陽のうしろから、光星がすがるようについてくる。

太陽は乱暴に車のドアを開ける。人ひとりの命に比べたら、細かい予定などどうでもいい。不自由で大変だと思う反面、羨《うらや》ましいとも思った。

第四話
会社に報告する

『──じゃあ、ジャンケンで。一発勝負ね』

モニターの中で、沙名子《さなこ》が淡々《たんたん》と言っている。

太陽《たいよう》は正座をしてノートPCと向き合い、沙名子を見つめた。

「最初はグー？」

『最初はグー』

沙名子は真剣な表情でうなずいた。仕事に集中しているときの顔である。疲れてはいない。四月──沙名子は忙しい時期のはずだが、今年はそれほど残業がないらしい。

沙名子と次に会うのは四月末──ゴールデンウィークになる。

太陽が前回に東京に行ったときは月曜日に有給休暇を取ったのだが、吉村《よしむら》部長に会うことはできなかった。沙名子の覚悟がまだ決まっていなかったし、サプライズのショックがあってそれどころではなかった。

しかしそれもやっと落ち着いてきたようである。年度決算が終われば沙名子の仕事が楽になるので、太陽が有休を取って、大阪営業所と本社でほぼ同時に報告する。沙名子も合わせて新発田《しばた》部長に報告することになる。

吉村部長を通すのは仁義というやつである。太陽は大阪営業所に勤務しているものの、吉村部長の配下であり、吉村部長と大阪営業所の向田《むこうだ》所長は微妙な敵対関係にある。双方の顔を立てないと、太陽の継続中の仕事の評価、ひいては太陽が東京に戻れるかどうかにも影響してくる。太陽があっさりと大阪営業所に馴染《なじ》んでしまったのでみんな忘れているが、本来、太陽は敵地に乗り込むような立場だったのである。

ここだけは度胸と愛嬌《あいきよう》では乗り切れない。結婚相手が沙名子ならなおさらである。

そういう話をしていたら、次に会うまでにリモートで決められるべきことは決めておきたいと沙名子は言った。太陽はもちろん同意した。

結果、太陽は休日の午後にＰＣの前で正座をして、ジャンケンの態勢を取っているのである。

『最初はグー、じゃんけん』

「――ちょっと待って！」

どうしてこうなったと思っていたら沙名子がジャンケンを始めてしまい、太陽は堪えきれずに遮《さえぎ》った。

『三回勝負のほうがよかった？』

「そういうんじゃなくて！　だって、こんな重要なことをリモートでできないよ！」

太陽はＰＣに向かって叫んだ。

「名字が変わるってことはさ、名前が変わるってことになるじゃん、これまで山田《やまだ》でやってきて、いきなり森若《もりわか》になりましたとか、相手だって混乱するよ。俺は沙名子と違って外に仕事相手がいるんだから」

太陽は言った。

沙名子ではないが、自分の中で腑《ふ》に落ちていないことをいきなり提案されて、決められるものではない。

『それはワーキングネーム、ビジネスネームを使えばいいと思う。結婚して名字が変わったけど、仕事上は旧姓を使っている人は多いよ。美月《みつき》もそう。仕事に影響はないよ。仕事で、戸籍上の名前がどうとか言う機会はないから』

沙名子は事務的に言った。

休日の昼である。沙名子はゆるやかなボーダーのカットソーを着ている。家事をしながらではないところを見ると、沙名子にとっても重要事項。これは会議である。

「そうだけど、名前を変えるとかさ……。沙名子には弟がいるけど、俺はひとりっ子なんだし、山田のままでいきたいよ」

『太陽の家は敷地内に親戚の山田さんがたくさんいるでしょう。わたしの父の親族は東北だし、弟は独身だから、名字の継承という意味ではうちにも理はあると思う』

「普通は妻が夫の名字にならない？」

『夫の名字にするという法律上の決まりはない。太陽は山田でいきたい、わたしは森若でいきたい。どちらかを取らなければならないなら、ジャンケンで決めるしかないと思う』

「ワーキングネームって、ふたつ名前を使うってことだろ。そんなのやだよ」

『どうしていやなの？』

「面倒くさいだろ。あちこちの報告とか、銀行とか免許とかの名前も変えなきゃならないし」

『その面倒くさいことを、わたしにさせるつもりなの？』

だって沙名子は俺に養われる身なんだからと言ってやりたいが、さきほど共働きすることを確認したばかりなので言えない。

ふたりとも転職するかどうかはともかくとして、フルタイム共働き、夫婦別財布で生活費は共同の通帳に同額ずつ出す、家事は半々——と、ここまでは決めた。家事はともかく、家計は太陽の思ったとおりになったので安心した。子どもができたら産休育休が必要だろうし、一時的に太陽の収入で暮らすことになるかもしれないが、当然のことなので養うとは言えない。

名字を変える大変さを訴えると、その大変なことを沙名子にさせるつもりなのかと言われる。名字くらい変えるのは簡単だろうと言うと、簡単ならあなたがやればいいと言われる。何を言っても自分に返ってきて、結局、みんなやってる、普通はこうしてる、女性は、男性は、日本ではこうするものとしか言いようがなくなってくる。

「沙名子だって俺にさせようとしてるだろ」

『してないよ。どちらかが名字を変更する必要があるという事実を言っているだけ。どっちにするかをジャンケンで決めて、負けたほうが変更するのがフェアでしょう。わたしが負けたらわたしがやる。面倒だけど法律だから仕方がない』

「沙名子は、山田って名字が嫌いなのかよ」

『好きよ。太陽こそ、森若って名字が嫌いなの』

「好きだよ。沙名子に合ってるし、会社じゃ旧姓使えばいいと思ってたよ。みんなやっていることじゃん」

『誰とは言わないけど、社内の男性で旧姓で働いている人もいるよ。みんなやってるのが理由になるなら、太陽がその人に倣《なら》ってやればいいんじゃないかな。わたしは理由になると思わないけど』

「沙名子、結婚して名字を変わるのに憧れとかないの？」

『残念ながらない』

「な、ないの？」

『どちらかが自分の名字に執着がなければよかったけど、同じくらい変えたくないんだから、どっちかが折れるしかないよ。さっきからそう言っているでしょう。どうしてもというなら、わたしを説得して』

こうなったら夫への愛情、結婚への憧れで攻めようと思ったら、沙名子はあっさりと否定した。

沙名子はモニターの向こうから、ひたと太陽を見つめて言った。

『一般的に女性が名字を変えるってことはわかってる。美月と格馬《かくま》さんみたいに、継ぐべきものがある状態なら、その家に入るって考えも理解できる。でもわたしと太陽の収入は同等だし、結納もしないし、どちらかの家から財産を受け継ぐわけでもない。お互いにゼロから始めるわけでしょう。夫のほうの名字にするべきだというなら、太陽なりの理由があるはず。その理由を教えて。わたしを納得させて』

太陽は黙ってテーブルの上にあったコーヒーを飲んだ。

理由はもう言った。嫌だからだ。そして沙名子も嫌なのである。だったらジャンケンかくじ引きで決めるしかない。さもなければ婚約破棄して別れる、籍を入れずに内縁のままということになる。それも嫌である。

それとも、名字を山田にしないなら婚約破棄するぞと言えばいいのか。そういうやり方もあるか――それこそもっとも嫌なことだ。父に言ったら怒られそうである。好きな人とは大事にするべきものであって、脅すものではない。

しばらく黙っていると、沙名子が口を開いた。

『わかった。大事なことだよね。わたしも考えるから、今度太陽が来たときに決めましょう。くじ引きでもジャンケンでもいいよ。決まったら受け入れるから、太陽もそうして。好きなやり方を決めておいて』

「——わかった。俺も考える。名字のこととかぜんぜん考えてなかった」

『だよね。わたしはすっごく考えたよ。スルーしようかとも思ったけど』

「これはスルーしてほしかったかなあ」

『そう思ったけど、自分の中で納得できないから』

「ジャンケンで負けたからなら納得できるの？」

『できるよ。フェアだから』

沙名子は言って、マグカップのお茶を口に運んだ。

マグカップは太陽が沙名子とつきあい始めてから——正確には告白してから、最初の誕生日に贈った、黒猫の形をしたものだ。沙名子の食器棚の中に置くと、機能的な食器の中にいきなり黒猫が鎮座しているようでおかしいのだが、沙名子はこのマグカップを愛用している。

「――わかったよ」

やけに苦いコーヒーを飲み干して、太陽はしぶしぶ言った。

『よろしくね』

「今度東京行ったら、食器売り場を見に行こうか」

ふと思いついて、太陽は言った。

『食器?』

「マグカップとか、箸《はし》とかさ。沙名子の家に泊まるとき用に置いておきたい。そのまま結婚したあとで使えるだろ」

『ああ、そうね。考えてもみなかった』

女性とはこっちのほうを考えるものではないかと言いたくなる。

リモートは営業部泣かせだと思う。もしも目の前にいるのなら、なしくずしに自分のペースに持っていけるのに。ふたりの距離とPCの画面がもどかしい。

沙名子は電話を切ると、軽くため息をついてビーズクッションにもたれた。

名字をどうするかというのは、ずっと沙名子の懸念事項だった。太陽は考えていないと思っていたが、やはり考えていなかったというのでがっくりする。

山田沙名子になるのには抵抗がある。

沙名子は昔から名字で呼ばれるタイプだった。社内では誰からも森若さんだし、同期の女性である美月は森若と呼ぶ。学生時代の友人も、森若さんか森若かどちらかだ。沙名子と呼ぶのは親族と太陽だけである。

由香利《ゆかり》のように社内でも新しい名字を使うべきか、美月のように旧姓のワーキングネームで通すべきか、どちらにしろあらゆる公的書類や登録した名前は変えることになる。給与明細にしても、森若（山田）沙名子という名前になる。いくらワーキングネームを使っても、森若は公的に存在しなくなると思うと落ち着かない。

結婚して必要な手続きをリストアップしていたら、急に腹が立ってきた。

太陽はこういう業務をやらなくていいし、もしも沙名子が言わなければ一生知らず、沙名子に感謝もせず、申し訳ないと思うこともなく、当たり前のようにもとの名前で過ごすわけである。

太陽は後輩や、取引先にすら太陽さんと呼ばれている。書類の名前にこだわることもなさそうだし、山田が森若になったからといって自意識が揺らぐこともないだろう。

これぱかりは落としどころはない。太陽の意見を聞いて納得できれば名字を変えてもいいが、納得できないならジャンケンかくじ引きで決める。それしかないという結論になった。

あんなに嫌がるのなら、沙名子にはわからない男性ならではの理由を聞かせてくれるものと思っていたら、太陽が言ったのは、自分はひとりっ子だの、銀行の名義を変えたくないだのというものばかりだった。そんなに嫌なことを女性にさせるのはいいのか。本当にそれしか理由がないのか。

ひとりっ子は名字を変えないということならひとりっ子同士は結婚できない、女性がひとりっ子の場合はきょうだいがいる男性のほうが名字を変えるという理屈になるが、そういう話も聞かない。

由香利は姓を変えたが、ふたり姉妹で、妹も結婚して姓を変えているはずである。夫は結婚した当時は主夫だから、養われているからという理由も成り立たない。

慣例だ。みんながやっているから、そういうものだからだ。

沙名子は太陽と行ったブライダルフェアを思い出す。

スタッフが結婚式について、沙名子の意見ばかりを聞きたがるのには閉口した。沙名子には幼児に対するように微笑《ほほえ》みながらうなずき、それでいて最終的な確認は太陽とする。

新婦がわがままを言い、寛容な新郎がかわいい新婦を甘やかす、という図式に落とし込もうとするのだ。

沙名子は子どもでも部下でもないし、太陽は親でも上司でもない。意見とはわがままのことではない。太陽のほうがスタッフに調子を合わせてしまうのが困りどころである。

ブライダルフェアには、太陽と次に会ったときに別のホテルへ行くことになっている。どうか次のスタッフはマシでありますように。親身になどならなくていいから、客とプランナーという立場で話せますように、必ずかかる経費をしらばっくれてぼかしませんようにと祈るような気持ちだ。

慣例。まわりから期待される関係性。これは敵かもしれない。由香利の言うところの「あの人たち」だ。明文化されていない分やっかいである。

太陽がどうしても山田がいいのだ、妻の名字になりたくない、頼むと訴えてくるようなら、逆に考える余地はある。理屈ではなくて感情、男の面子というやつだ。沙名子が太陽を好きになったのだって、最終的には感情だ。感情をごまかして、理論的に正しいふりをするからおかしなことになる。

これが普通である、みんなやっている、という言葉は、行動の言い訳としては使いたくないものだ。

沙名子は冷めた紅茶を飲み、なんとなくサイトでマグカップを探してみる。

ショッピングサイトをさまよっていたら、柴犬のマグカップを見つけた。模様ではなくて、尻尾《しっぽ》が持ち手になっている、座っている犬。沙名子の黒猫のマグカップと同じである。犬の笑顔が太陽に似ている——と思ったら、太陽にしか思えなくなってきた。

これどうかな？

めっちゃいいじゃん！

思わず画像を撮って太陽に送ると、太陽からすぐに返事が来た。

沙名子は苦笑する。そうだろうと思った。沙名子は機能的なものが好きだが、太陽はプライベートでは変わったグッズやキャラクターが好きだ。太陽が家に泊まるようになって、妙な柄のタオルを持ち込まれたりしている。

沙名子はマグカップのサイトにブックマークをした。まだ買わない。軽率に決めて失敗したら、何年も後悔することになる。

「――おはようございます。出張申請お願いします」

経理室で仕事をしていると、企画課の緑《みどり》が入ってきた。

涼平《りょうへい》は総務部へ行っている。美華《みか》は電卓を片手に決算書類を睨《にら》み、真夕《まゆ》はPCへ向かっていた。

「はーい。相馬《そうま》さん、出張珍しいですね」

真夕が言った。緑は真夕のデスクまで行き、出張申請の用紙を差し出す。

「そうですね。時短勤務も終わったし、残業と出張を解禁しました」

「あー、下のお子さんが小学生になったんでしたっけ」

「そうなんです。メイン担当持つの久しぶりだから、緊張してます」

「ワーママ大変ですよね」

「忙しいときは母に来てもらいますけど、学校も学童も楽しそうで助かってます」

「いい子ですねー」

雑談を聞くともなく聞きながら、沙名子は緑について考える。

緑はふたり子どもがいて、ずっと時短勤務を取っていた。格馬が社長になって、子どもが六歳まで時短勤務を延長できるように変更したのである。会社の子育ての制度をめいっぱい使ったということになる。

三十代半ばだが平社員である。企画課でも企画のメイン担当にはならず、サブ担当としてデスクワークを主にしてきた。去年に立ち上げた入浴剤の企画でも、年下の希梨香《きりか》の下につく形で仕事をしている。

沙名子の記憶の中に、緑がフルタイムで働いている印象はない。産休、育休、時短勤務、仕事をセーブする時期を経て、下の子どもが小学生になり、フルタイムに戻る。それだけで新入社員が三十歳になるだけの年月がかかったのだ。緑が結婚したころに新入社員だった沙名子が、緑を追い越して主任になっている。

しかし緑は満足そうである。子どもはふたりとも順調に育った。キャリアを失ったのではなく、仕事と子ども、ふたつのキャリアを手に入れたとも言える。

時短勤務のときは希梨香に愚痴《ぐち》を言われたりしていたが、仕事のできる女性なので、本気で働けばすぐに成果を出すと思う。母親であるというのは仕事上の利点になるかもしれない。

子どもが欲しいなら、どこかで数年間は仕事をセミリタイアせねばならない。

そしてその数年間を堪えたら、ふたつのものを手に入れることができる。

――やはり、転職は早計か……。

沙名子は書類に目をやりながら考える。

天天《てんてん》コーポレーションは格馬の方針で、女性社員を長く勤めさせる方向にシフトした。出産するなら会社員であるほうがいい。産休、育休、時短勤務。途切れない収入。健康保険、厚生年金。そのほかの福利厚生。これらのセットは失いがたい。

出産……子ども。

結婚するということは、出産するかもしれない。そう頭では理解できるのだが、ぼんやりとして実感がわかない。

太陽は子ども好きなので何か言いたげではあるが、デリケートなことだとわかっているのだろう、口に出さない。これればかりは計画通りにできるものではない。

由香利は身ごもって幸せそうだった。家庭の大黒柱で、せっかく課長になったのに、仕事への復帰は早くて四十代半ばになる。それでも迷いはまったくなかった。

自分の子を想像しようとしたら頭に太陽が出てきてしまい、沙名子は慌《あわ》てる。あんなのは夫だけで充分だ。たくさんいたらうるさくて眩《まぶ》しくて大変なことになる。

育休手当だの扶養《ふよう》控除だのということになると頭が働くのだが、肝心なところで逃げたくなるのはどういうことか。自分は何か欠落しているのか。太陽に助けを求めたくなる。

「相馬さん、よかったですよね。やっと希梨香も楽になりそう。お子さんの写真見せてもらいましたけど、とても可愛《かわい》かったですよ」

緑が出ていってしまうと、真夕がニコニコしながら話しかけてきた。

「そうね」

沙名子は答え、気持ちを切り替えて仕事に戻った。


「いやーすがすがしい朝っすねー」

運転席で光星《こうせい》が言っている。

高速――名神高速道路である。これから光星とともに一日かけて兵庫、岡山方面に向かうことになる。遠出なので光星は嬉《うれ》しそうだ。

大阪営業所の仕事にはすっかり慣れた。東京本社の販売課と違って、工場とのやりとりや企画まですべてやる。ルートセールスよりもイレギュラーな仕事が多くて楽しい。関西と北陸、中国地方の道も覚えたし、たこ焼き器も買ったというのに、あと一年で東京に戻ると思うと寂しくもある。

難点といえば向田所長が太陽を若干《じやつかん》敵視しているくらいか。向田所長は東京本社の吉村部長と仲が良くない。大阪の空気には馴染んだのだが、本社に比べるとルーズなところがあって、いまだにときどきびっくりする。

ひとりならまだ大阪にいてもいいのだが、沙名子と結婚するなら別だ。沙名子が考えているほど地方の空気は甘くない。ずっとクールではいられない。

「光星くん、結婚生活どうなの？」

光星は調子がいいらしく、高速の景色がどんどんうしろに流れていく。今日はいつもの軽自動車でなく、遠出の納入用のハイエースなのである。これ以上のスピードになったらさすがに止めようと思いつつ、太陽は光星に声をかけた。

「うぃっす。穏やかなもんですよ」

光星は言った。ささやかな結婚式が終わり、光星と栞《しおり》は一緒に暮らしている。新婚旅行は体調が落ち着いてからなので、長期休暇は取っていない。結婚式の写真を見せてもらったが、栞はふっくらとして優しそうな女性だった。光星が可愛い可愛いというので小動物のような感じかと思っていたが、これればかりはタイプというものがある。

「料理とかどっちが作ってるの」

「適当です。この間は俺がビーフシチュー作りました。肉多めで。なんせ相手の体があれなんで、勝手できないんですよ。向こうの食べたいもの優先って感じです」

光星は言った。その口調だけで結婚生活がうまくいっているのがわかるというものだ。

結婚前提でつきあい始めて、半年で結婚ということになるが、期間というのはあまり問題ではないのだなと思う。

「光星くんさ、結婚前に名字について話したりした？」

太陽は尋ねた。光星は結婚しても名前は北村《きたむら》のままである。栞のほうが名字を変えたということになる。

「ああ、しましたね。栞ちゃんの旧姓、伊方《いかた》っていうんですよ。イカタ。にんべんの伊に方向の方」

目の前に軽自動車が走っていた。光星は目を細めて追い越し車線に入り、緩やかに抜き去って走行車線に戻る。

「伊方って珍しい名字だよな。北村になってよかったの」

「珍しいんですけど、俺が伊方になるとイカタコになっちゃうんですよ。伊方光星、イカタコうっせえっていう。大阪民として、イカとタコを冒瀆《ぼうとく》する名前にはなれへんと言ったらわかってくれました」

「それでわかってくれたのか。すごいな栞ちゃん」

「正直、名字変えるの面倒くさいんで助かりました」

「そうだよな……」

「栞ちゃんには、どうせなら有栖川《ありすがわ》とか綾小路《あやのこうじ》だったらよかったのにって言われましたよ。俺だって、栞ちゃんが太郎丸《たろうまる》だったら変えたやろうなと」

「そんなもんかよ」

太陽は呆《あき》れて助手席のシートに背中を沈み込ませる。光星は運転がうまいので、スピードを出しても快適である。大阪を離れるのはいいが、光星とのペアを解消するのが残念だと思う。

高速道路はまっすぐで、どこまでも晴れていた。

沙名子、いま品川《しながわ》ついた
これから会社向かう

了解。
定時で終わるから、駅にいて。

さっき吉村さんにLINE《ライン》したら、待っててくれるって

新発田部長もいるみたいだから、まとめて話すよ

いったん経理室行くから準備してて

経理室で私用のスマホを確認していたら、喉《のど》から妙な音が出た。

連休の二日前、時刻は定時をまわったところである。

太陽は今日の午後と明日が休み、沙名子は明日が休みで、そのまま連休に突入である。

太陽は明日に本社をあらためて訪ねて、吉村部長に結婚報告することになっていた。

沙名子は連休明けに新発田部長に報告する。新発田部長は吉村部長から聞いているだろうからショックも少ないだろう。そのまま何食わぬ顔で仕事を続ければいい。完璧なスケジュールである。

社員に触れ回るわけではないし、吉村部長も新発田部長も管理職として部下のプライベートには関与しないし、守秘義務は守る。とはいえこういうことはうっすらと広がっていくもので、今日中に覚悟を決めねばと思っていた。

つまり沙名子はまだ腹をくくっていない。それなのに太陽は、これから会社に来ると言う。

「どうかしましたか、森若さん？」

棒立ちになっていたら、向かいの真夕が声をかけてきた。

「──あ、ううん。なんでもない……」

「よかったです。今年、なんだか決算が楽ですよね。税務調査で棚おろししたからかな」

真夕は首をひねりながらデスクに向かっている。

デスクにいた新発田部長が、スマホに何か連絡が来たらしく、面倒くさそうに眉をひそめた。立ち上がり、ホワイトボードに営業部と書く。そのままふらりと出ていった。

「──真夕ちゃんは、今日」

残業するの──と尋ねようと思ってたら、経理室に希梨香が入ってきた。

「今日、これから太陽来るんだって！」

希梨香は真夕に向かい、楽しそうに大声を出した。

沙名子は噴きそうになる。涼平は顔をあげたが、美華と勇太郎《ゆうたろう》は無言でＰＣに向かっている。

「なんで希梨香が知ってるの？」

まさか太陽が連絡したんじゃあるまいなと思っていたら、真夕が尋ねた。

「吉村さんが言ってたの。半休取って東京来て、用事があって本社に寄るんだって。吉村さん、太陽のこと好きだから嬉しそう。これはアレですかね。いよいよ結婚報告？」

希梨香は好奇心いっぱいなのを隠そうともしなかった。真夕がうんざりしたように希梨香をたしなめる。

「希梨香さあ、今日は太陽さん誘うのやめなよね」

「えーなんで？　いいじゃん。いろいろ聞きたいじゃん」

「太陽さん言わないよ。前だって迷惑そうにしてたし。あたしは誘われても行かない」

「えー？」

そうだそうだ、真夕頑張れとひそかに応援していたら、ちわーすと声がして、太陽が入ってきた。

太陽は黒いコートと、くたくたのスーツを着ていた。手には大きなビジネスバッグ。午前中にひと仕事終えて、直接来たのは明らかだ。太陽も沙名子と同じく、まとまった休みを取るために必死になって業務を片付けている。

美華は迷惑そうに太陽と希梨香に目をやった。勇太郎はちらりと太陽を見て、そのまま仕事を続ける。

「太陽、久しぶりだねー！　年明けて初めてじゃないの」

「おう」

希梨香が言うと、太陽は手をあげた。

「今日飲みに行く?」

「無理。──新発田部長は?」

太陽は喋《しゃべ》りかけてくる希梨香をかわして、真夕に尋ねた。

「さっき経理室を出ていきましたよ。営業部にいるみたいです」

「そうか。──森若さん。いいですか」

「──はい」

沙名子は答えた。

真夕と希梨香が意外そうに沙名子を見る。

「荷物、経理室に置いていっていい?」

「いえ」

「わかった。じゃ行こう」

太陽はコートを脱ぎ、ビジネスバッグを肩にかけて経理室を出た。

真夕と希梨香はびっくりしたようにふたりを見ている。沙名子は太陽と肩を並べ、二階の営業部のフロアに向かって階段を下りた。

吉村部長と新発田部長に続き、沙名子と太陽は営業部の小会議室に入っていった。

「なんだ太陽、話って？　森若さんも一緒に？」

吉村部長が尋ねた。

新発田部長はいつものように飄々《ひょうひょう》としていたが、不思議そうだった。吉村部長はわけがわからないらしく、落ち着かない様子であたりを見ている。何やらうしろめたそうなのは新発田部長と沙名子が一緒だからかもしれない。経理部に叱られる心あたりがあるなら、さっさと正しい伝票を出せと言いたくなる。

太陽は荷物とコートを会議室の長机に置き、ふたりに向き合った。

「すみません、すぐに済みます。このたび私、山田太陽は経理部の森若沙名子さんと結婚することになりました。入籍は九月の予定です。私事で恐縮ですが、今後会社にご迷惑をかけることもあると思いますので、今のうちにご報告しておきます」

太陽はすらすらと言った。

吉村部長と新発田部長は数秒、ぽかんとした。

「……罰ゲーム？」

吉村部長が沈黙を破った。

ズコ、とわかりやすく太陽が滑るふりをする。

「いや、本当です。信じてください。山田は森若さんと結婚します」

「ほ……本当に？」

新発田部長が動揺したようにつぶやいた。

太陽と吉村部長が沙名子を見つめた。沙名子ははからずも三人の男に見つめられる。

「――本当です。今後ともよろしくお願いします」

沙名子は観念した。

戻れない一方通行の道へ踏み出してしまったような気がした。顔に血が上ってくるが、絶対に赤面してはならない。これはただの報告なのだと自分に言い聞かせる。

「えーと……。このことは向田さんには……？」

「大阪のほうには帰ってから言う予定です。その前に、非公式に吉村部長にお伝えしておこうと思って。どっちみち俺、いや私は当分大阪なので。そのことも含めて、今後の仕事について、吉村部長にお話があるんですが」

「おう、そうかそうか。そりゃそうだな！　そうか、太陽が森若さんとねえ。ちょっと、いつからなの！　ひとまずめでたい！　ふたりともおめでとうございます！」

吉村部長はやっと事態を把握したらしく相好《そうごう》を崩した。いきなり明るくなって、今にも太陽の肩を抱きそうである。

沙名子は一礼した。

「ではわたしは行きます。お忙しいところお時間をいただき、ありがとうございました。申し訳ありませんが、このことはほかの社員には内密に願います」

沙名子はつとめて事務的に言った。

「わかった。田倉《たくら》には言うことになると思うが。今後の人事もあるし」

新発田部長のテンションはいつも通りである。

「わかりました」

「あとなんだ、えーと……。そうだ、おめでとうございます」

「ありがとうございます」

沙名子はふたりの部長に向かい、冷静に言った。これから何回、同じやりとりを繰り返すことになるのだろう。

「いやいや、本当にめでたい。森若さん、今日はこれからどうですか。太陽と一緒に。いろいろ聞きたいなあ」

「すみません、用事があります」

「いやでも、こんなときだから！」

「失礼します」

沙名子は追いすがってくる吉村部長の言葉を無視し、小会議室の外に出た。

小会議室の外に出ると、沙名子はフーッと息をついた。

またひとつ重要なタスクをクリアした。

こと結婚に関しては、タスク表にチェックを入れるたびに、クリアどころか重いものが増えていく気がする。無事にオールクリアできるのかと不安になる。

……太陽に口火《くちび》を切らせてしまったことについては、反省しなくてはならない。

あれではどう考えても太陽が主導である。沙名子のほうが役職は上だというのに。

沙名子はイレギュラーなことに反応できず、太陽に任せてしまう。ウエディングプランナーが新郎を上司扱いするのに反発していたというのに、自分から部下のようになっていては世話はない。

ドアを背にして息を整えていたら、フロアにいる販売課員が、なんとなく沙名子を見ていることに気づいた。ちょうど外回りの営業部員が帰ってきて、賑やかになっている時間帯である。

「――森若さん、何かあったんですか？」

代表のように小声で話しかけてきたのは亜希《あき》だった。亜希は販売課では数少ない女性で、沙名子とはよく話す。

「いえ、なんでもないです」

「いきなり部長と一緒に会議室に入っていって、青い顔して出てくるから。どうしたんだろうって思いましたよ。一緒だった方、大阪営業所の方ですよね」

「大阪営業所の山田さんです」

「太陽はバカだから、いつか何かやらかすと思ってたよ。森若さん、尻尾つかんだの」

鎌本《かまもと》が言った。好奇心と心配とが半々くらいの顔をしている。この男とは話したくない。

「いえ別に」

「まさか、太陽に限って、何もないですよね？」

「何もありません」

真面目《まじめ》な立岡《たちおか》まで不安そうな顔で話しかけてくる。

交際を疑われないのはよかったが、なぜそっちの発想になる。太陽は小狡《こずる》いところはあるが横領《おうりょう》はしない。そんなの当たり前だろうが、身に覚えがあるのか。

「大阪の仕事の進捗《しんちょく》報告でしょう。森若さんは経理担当者だし、太陽は大阪営業所の北陸プロジェクトで結果を出していますからね。評判もいいし、これをきっかけに大阪営業所とうまくいくかもしれないですね」

口を挟んだのは山崎《やまざき》である。

なんだそうか――という雰囲気になる。注目されなくなって沙名子はほっとした。鎌本だけは気になるらしく、ちらちらと小会議室のドアを見ている。

「――今回、特に大きな進捗があったようですね、森若さん。人生に関わるような」

足早に立ち去ろうとしたら、山崎が声をかけてきた。

沙名子は山崎を見る。知らん顔をしたいが、助けられたばかりなのでできない。

「そうですね」

沙名子は言った。

顔が熱くなる。会議室にいる間はこらえていたのに、こんなときに心臓が音を立てそうである。

「そうなのか……」

山崎はかすかにため息をつき、椅子に背中をもたれさせた。少し傷ついたような顔をしているのが意外だ。

「今度、どこかにお茶を飲みに行きませんか。お酒でもいいけど」

山崎は声をひそめて沙名子を誘った。

「話し相手として？」

「話し相手として」

「落ち着いたら行きます。わたしも山崎さんにお尋ねしたいことがあるので」

「本当に？　嬉しいな」

山崎はにこりと笑った。いつものポーカーフェイスに戻っている。眼鏡の奥の瞳がやけに澄《す》んでいて、思わず見とれそうになる。

「山崎、何で森若さんと話してんだよ！　迷惑がっているだろうが！」

割って入ってきたのは鎌本である。

「てっきり太陽が大阪でやらかしたんだと思ったよ。これは出てきたら引っ張らないと」

「太陽、今日は吉村さんと飲むんじゃないかな。行かせてやったほうがいいと思いますね」

「そうなの？　俺も一緒に行こうかな」

山崎と鎌本のまわりにほかの営業部員が集まりつつある。沙名子は巻き込まれる前に販売課のフロアを抜けた。

経理室へ行くと、真夕と美華と勇太郎が仕事をしていた。今日は残業するらしい。

「森若さん、太陽さんは？」

「吉村部長と話があるみたい」

「何かあったんですか？　希梨香が心配してたけど」

「大丈夫」

沙名子は曖昧《あいまい》に答えて私用のスマホを取った。

太陽に、わたしは帰るけど吉村部長と話があるなら優先して。終わったら連絡してください――と入れる。ついでに、酔っ払ってまわりにばらさないようにと釘《くぎ》を刺す。

あの調子では太陽は吉村部長と飲んでくるだろう。そうなれば後日、沙名子が誘われなくてすむというものだ。今日は太陽が来ると思ってロールキャベツの下ごしらえをしていたが、帰ったら冷凍しよう。

吉村部長には、なんとしても太陽を来年の三月に東京本社に返してもらわねばならない。大阪での仕事を評価して、できれば昇進させてほしい。大阪営業所の所長よりも先に吉村部長に報告したことで、吉村部長は機嫌をよくしている。

これも太陽の計算のうちかもしれない。交渉はもう始まっているのだ。

太陽はいいとして、沙名子はどうなるのかと考える。そういえば新発田部長は人事がどうとか言っていた。新発田部長は部下を予定外に誘って腹を探るようなタイプではないし、沙名子もそういったことはされたくない。

いざとなれば辞めるまでだが、できるなら辞めずにいたいものだと思っていたら、新発田部長が経理室に入ってきた。

ちらりと沙名子を見てから、勇太郎のデスクへ向かっていく。

「──勇、いいか」

「はい」

勇太郎は意外そうな顔で立ち上がり、新発田部長のうしろについて、経理室を出ていった。


「いやーヤバいわー。マジで飲み過ぎ。こういうの久しぶりだから忘れてたよ」

太陽が頭に手をあてながら言っている。

沙名子と太陽は、練馬《ねりま》区の大きな公園を歩いている。

このあたりは沙名子と太陽の条件に合う場所のひとつである。

連休中にやるべきことのリストの、上のほうにあったのが住む場所を決めることだった。まだ具体的に賃貸物件を探す時期ではないが、気に入る場所くらいは見つけておきたい。

住むにあたって何を重視するかというのはリモートですりあわせた。そこそこ広くてそこそこ通勤時間が短くてそこそこきれいなところ。太陽の望みはなんでもそこそこである。

残業があるので治安が悪いところは避けたいが、厳しい節約をしてまで高いところに住もうとは思わない。今はふたりで働きながら暮らしやすいところに住んで、協力して貯金をして、いずれ家族が増えたら（！）考え直せばいい。

上着が要らない暖かさで、太陽はいつもの赤いパーカーを着ていた。二日酔い気味でなければ公園を散策したいところだ。深夜に帰ってきて、シャワーを浴びたあとでろくに乾かさずに寝たので、髪がはねている。学生じゃないんだから、自分の酒量くらいコントロールしろと言いたくなる。

「吉村部長が喜んでいたならよかったわ」

沙名子は言った。沙名子も、太陽につきあって起きていたので寝不足である。

「だよなー。っていうか吉村さんて飲むと面白いんだよ。こっちも大阪で仕込まれたから負けへんでってなるし。沙名子がいなかったら二次会後のラーメンまで行ってたわ。大阪もいいけど、こっちも楽しいよなあ」

太陽は言った。楽しんでどうする、交渉するんじゃなかったのか。

ロールキャベツは冷凍にまわした。配信のドラマをリピートし、爪《つめ》の手入れをしながら太陽の帰りを待っていると、まるで夫婦のようではないかと落ち着かない気分になった。合鍵を渡すべきかと悩んでいたが、まだ渡さないことにする。この状態に慣れたくない。

「わたしが大阪に異動になるって手段もあるよね」

「それは吉村さんがダメだって。大阪に取られたくないらしい。吉村さん、沙名子のことを褒めてたよ。でかした太陽って言われた」

「でかした……ねえ……」

沙名子はつぶやいた。気に入られるのはいいが、社内政治はごめんこうむりたい。パートナーであっても意見は違う。沙名子は吉村部長の部下ではない。

「広い公園が近くにあるのっていいよな。散歩とかできるしさ。ちょっと走ったほうがいいのかなって最近思ってる。結婚したらランニングクラブ入ろうかな」

太陽は歩きながら眩しそうに目を細めた。高い木の合間から、ちらちらと陽《ひ》がさしてくる。道も木もよく手入れされていて、いつまでもいたいような綺麗《きれい》な公園である。

「その分、駅から遠くなったりするよ」

「駅まで歩くので運動になるじゃん。遠くていいから駐車場つきにして、車も買うってのは？　どっちかに残業があったときに迎えに行けるし、休日にまとめ買いできる」

「免許は持ってるけど、運転は苦手なのよね」

「俺が教えるから大丈夫」

フェンスに囲まれた球技場があるのが目にとまった。サッカーにしては小さすぎると思ったら、フットサル用らしい。大学生らしい男性たちがボールを蹴っている。

近くにはベビーカーを持った母親がベンチに座り、子どもを眺めて目を細めている。

そういえばここは、熊井《くまい》の家の近くだったのだと沙名子は思い出した。

熊井は天天コーポレーションの製造部にいた男である。沙名子は彼の横領に気づき、すべてが終わったあとでこの公園に来た。

そうしたら太陽がやってきた。とても優しくて、一緒にいてほしいと願った。

……それでうっかり好きになってしまった。今も好きだ。あのときよりも好きかもしれない。なんてことだ。

とてもいいところだが、住むのはやめようと沙名子は思った。この場所は思い出がありすぎる。違う公園を探そう。

「なんか食べる？　腹減った。朝、味噌汁《みそしる》飲んだだけなんだよな」

太陽が言った。朝は食欲がなかったのだ。昼前だが、沙名子も朝食は太陽につきあったので適度に空腹である。

「カフェにランチに行こうと思ったんだけど、そんな感じでもないよね」

「入り口のところにカレーのキッチンカーあったじゃん。美味《おい》しそうだった。天気がいいから外で食べたいな」

「カレー食べたいの？」

沙名子は呆れた。太陽は二日酔いのときにカレーを食べる生き物であると覚えておく。

「うん、買ってくるよ」

「わたしが行くわ。太陽は飲み物買って、どこかベンチを探しておいて」

沙名子は言った。太陽に任せたら、沙名子の分までいちばん辛いスパイスカレーになってしまう。自分はコンビニのおにぎりとサラダでいい。

「了解です」

太陽は木漏《こも》れ日の下で笑った。沙名子はエコバッグを持っていることを確かめて、カレーを買うために来た道を後戻りする。


沙名子が行ってしまうと、太陽はのびをして空を見上げた。

今日は快晴である。結婚後の住まいの下見には最適だ。昨日の酒が体に残っていたので来るかどうか迷ったのだが、来てよかった。

本来は今日、本社に行って吉村部長に報告する予定だったのだが、昨日の新幹線の中でＬＩＮＥをしたら、用事があるならこれから来いと言われた。新発田部長はいますかと訊《き》いたら、必要なら呼んでおくと言われ、沙名子と並んで報告をすませた。

おかげで深夜に帰ることになったが、結果的によかった。沙名子がパジャマ姿で出迎えたのが無性に可愛くて、玄関で抱きしめた。沙名子は抵抗しなかった。沙名子が何回同じドラマをリピートしようと、初恋のキャラクターの高潔《こうけつ》さについて力説しようと、一番の場所にいるのは太陽である。

自動販売機でお茶をふたつ買い、日陰《ひかげ》のベンチを探してきょろきょろしていると、少し離れたところに長身の男がいるのが見えた。

どこかで見たことがあるような――と思い、数秒あとに再び目をやる。

田倉勇太郎だった。走ってきたらしくランニングウエアである。帽子《ぼうし》を被り、上はTシャツである。少し驚いた。勇太郎はいつもスーツなので、ラフな格好をしているところの想像がつかなかった。

「田倉さん？　なんだ、いたなら声をかけてくれればよかったのに」

今日は平日である。沙名子と同じく、連休につなげて休んだのかなと思いつつ、太陽は勇太郎に声をかけた。

勇太郎は沙名子の上司にしてメンター、仕事におけるロールモデルである。会社では常に厳しい顔をして、営業部員とは滅多に話さない。沙名子は勇太郎を尊敬している。何やら重要な仕事をしているらしいが、何をしているのかは謎だ。

勇太郎ははっとした。慌てたように言う。

「……すまん……。まさか、山田さんがいるとは。ええと――おめでとうございます」

勇太郎はなぜか太陽に謝った。

勇太郎は結婚することを知っていた。新発田部長が知らせたのだろう。隠さないでいいと思うと太陽はほっとした。

「ありがとうございます。沙名子もいますよ。今、ランチ買いに行ってるけど」

太陽は言った。

「――沙名子」

「あ、すみません、つい。家、近くなんですか？」

「そうです」

勇太郎はタオルで額《ひたい》の汗を拭いた。

勇太郎は太陽よりも背が高い。Tシャツの下の腕と胸の筋肉が盛り上がっている。日常的に鍛えている男の体だ。スーツ姿しか見たことがないので気づかなかった。

勇太郎はしばらく黙り、思い切ったように口を開いた。

「山田さんは――」

「はい」

「つまり——どうして」

自分から訊いておいて勇太郎は黙った。

会社でも家でも寡黙《かもく》なのか。太陽は辛抱強く待つ。

「森若さんは、優秀な人だから」

しばらく経《た》ったあとで、絞り出すように勇太郎は言った。

「知っています」

「そうだろうけど。できるなら、仕事はやめてほしくないです」

「それはふたりで相談して決めます」

太陽は言った。自分の意見だけで相手を曲げられればどんなに楽かと思うが、そうはいかないから苦労しているのである。

「そうか……そうですね……」

「田倉さんのことは、よく沙名子の話に出ます。とても優秀で頼りになる同僚だって。これからもよろしくお願いします」

太陽は勇太郎の真正面に立って言った。一回言っておかなければと思っていた。

勇太郎はうつむいた。帽子のひさしで表情がわからない。

「こちらこそ、よろしくお願いします」

勇太郎は低い声で答えた。太陽の背越しに軽く手をあげる。帽子のひさしを深く下げるときびすを返し、そのまま反対方向に走りはじめた。

振り返ると沙名子が、びっくりしたようにこちらへ近づいてくるところだった。


カレーとおにぎりの入ったエコバッグを提《さ》げて公園を歩いていくと、道の端で、太陽と勇太郎が向かいあっているのが見えた。

勇太郎はTシャツ姿で、手にタオルを持っていた。沙名子に気づいて軽く手をあげると、反対方向に走っていく。太陽も沙名子に気づいた。

「カレー買ってきた。──今の、勇さん？」

沙名子は太陽に尋ねた。勇太郎と太陽がふたりでいたのが意外だ。社内でも、話をしているところを見たことがなかった。

「そう。たまたまいたから挨拶《あいさつ》した。わかった？　俺、すぐにわからなかったよ。スーツ着たところしか知らないから」

「毎日見てるんだからわかるよ。そういえば勇さんも家が近いんだった。今日休みだったのかな。有休って聞いてなかったけど、急に取ったのかな。珍しいわ」

有給休暇は部内の暗黙のルールで、なるべくふたり以上が重ねて取らないようにしている。沙名子も今日、休みを取るときにほかの人が取っていないことを確認した。勇太郎はそのあたりは厳格だと思っていた。

「休みたくなったんじゃないの。そういうこともあるよ。田倉さんの家が近いんだったら、このへんに住むのはナシかな。会社の行き帰りに会ったら気まずい」

「そうだね」

沙名子は言った。自分も思っていたのでちょうどよかった。

「俺も筋トレ始めようかな。鍛えたほうがかっこいいだろ」

「今のままでもいいけど、体力はつけたいよね。もっと野菜食べたほうがいいわよ」

「沙名子が作ってくれたのならいくらでも食べるんだけどなあ」

「そうやってすかさず作らせようとしてるでしょ」

「俺も作るけどさ、どう考えたって沙名子のほうがうまいじゃん。うまいって味のほうね」

ちょうどいいベンチがあったので、沙名子と太陽は並んで座った。

太陽にカレーを渡し、自分の分のおにぎりとサラダを出す。

「沙名子さ、仕事どうするの。つまり——天天かどうかはともかくとして、これからどうやって働いていくかってこと。パートとか派遣社員とか、子どもができたら専業主婦とかさ。長期プランがあるだろ。それによって俺の覚悟も変わってくるから。ずっと共働きって考えていいのかな」

太陽がいきなり言ったので、びっくりした。

これまで太陽のほうからプランという言葉が出てきたことはなかった。沙名子が考えるしかないと諦《あきら》めていた。

「働ける限りは働くよ。……わたしは、仕事以外の場所ではポンコツだから」

「沙名子がポンコツってことはないだろ！」

「いや、太陽が知らないだけ。天天コーポレーションの経理部にいる限りは大丈夫だけどね。幸い経理のスキルがあるから、いずれは外へ行って試してみるべきかもしれない。そうじゃないと傲慢《ごうまん》になってしまう。——太陽はどうなの。一生、天天コーポレーションで働くの。やりたいことがあるとか、主夫になりたいとかの希望は？」

太陽はうーんと考え、カレーを一口ぱくりと食べた。

「俺は営業に向いてると思うんだよね。天天は好きだからずっと働きたいけど、一カ所しか知らないのは怖くもある。変わるべきときが来たら、そういうチャンスが自然に来るのかなって思ってる。吉村部長なんて会社の黎明《れいめい》期に、何もないところに天天石鹸《せっけん》を広げていったわけじゃん。昨日話聞いて、すげえなって思って。そういう仕事もしてみたいよね」

「尊敬できる上司がいるってだけでも、その会社にいる理由にはなるよ」

「うん、それは思う」

「わたしは天天コーポレーションにはこだわらないけど、仕事は続ける。多分、ずっと経理関係の仕事をすると思う。ただし太陽が半分家事するならね。わたしも当然するけど、働きながらふたり分は厳しいわよ」

「そうだよなあ」

太陽は最後のカレーを食べ終わり、容器をビニール袋に入れた。ペットボトルの封を開け、お茶を飲む。

「まあやるよ。ふたり分をふたりでやるならこれまでと変わらないしな。自分で言うのもなんだけど、俺ってなんでもできる男なんだよ」

「手伝うって言わなくてよかった」

「それは禁句だと本能が止めた。集めるところからがゴミ捨てだ。ただ沙名子の水準にやるのは難しいんで、そこは見逃して」

「やるならいいよ。難しいからやらないっていうのが嫌なの」

沙名子もおにぎりとサラダを食べ終わった。空になったサラダのパックをビニール袋に入れ、口を縛る。

「天天コーポレーションのお給料はいいほうだけど、ものすごくいいわけではない。ある程度ゆとりを持って暮らすために収入は必要。家事は手抜きになるし、負担を減らすための支出もあるだろうけど、そこは割り切って使うしかないわ」

「とはいっても、先に何があるかわからないよね」

「ふたりで頑張ればなんとかなるでしょう」

「そうだな。頑張ろう」

太陽はお茶を飲み終わると、自分に言い聞かせるようにうなずいた。思い切ったように右手を握る。

「――じゃあやりますか」

「やるって、何を?」

「最初はグー」

沙名子は驚いて太陽の顔を見た。

モードが変わった。沙名子はゴミの入ったビニール袋をベンチのかたわらに置き、太陽と同じように手を握る。

「一発勝負でいいのね」

「いいよ」

「最初はグー、ジャンケンポン！」

ふたりで声をそろえた。

沙名子がチョキを出し、太陽がパーを出した。

太陽が天を仰ぎ、パーの手で目を覆った。

「決まりでいい？」

「森若太陽かよー。賢そうだけど、めっちゃ喪失感あるな」

太陽はつぶやいた。気持ちはわかる。

「申し訳ないわ。特に公的文書の名前を変えるのが煩雑《はんざつ》みたい。男性が名字変えたらあれこれ言われると思うけど、そこは堪えて。太陽なら大丈夫でしょ」

「仕事では山田使うよ。うちの親驚くだろうなあ。喜んだりして。俺のことならなんでも喜ぶんだよ」

「わかる。わたしも太陽のご両親好きよ。——代わりにといったらなんだけど、料理はわたしがやる」

交換条件は出したくなかったが、つい言ってしまった。

料理はどちらにしろ自分が担当することになるだろうと思っていた。太陽に任せたら、高カロリーで栄養無視、採算度外視、肉と油ばかりになる。残業は太陽のほうが多いし、お弁当を持っていくのは沙名子だけだ。

太陽は目を輝かせた。

「マジで？」

「できる限りはね。残りの家事はふたりでする。食洗機と全自動洗濯機と自動掃除機買って、忙しいときは外注。車の運転は太陽。これでどう」

「え、車買っていいの」

「便利そうだからね。ただしキャッシュで買える範囲で。――太陽の望みは？」

「俺は、ずっと仲良くて楽しいのがいい」

太陽は即答した。

「それだけ？」

「うん。これ以上ないだろ」

太陽は言った。そんなにきっぱりと言うことなのかと思うが、それこそが一番大事なものなのかもしれない。あれこれと考え続けた自分はなんだったのだと力が抜ける。

あたりには誰もおらず、光がきらきらと射していた。太陽は沙名子の背中に手を回して抱き寄せる。沙名子は逆らうことができない。ずっとこの人と一緒にいて、ふたりとも幸せになると決めた。

連休明けに会社のロッカールームへ行くと、女性社員たちの視線が突き刺さってくるように感じた。

連休の最後の日はほぼ家で過ごしたのだが、太陽は珍しくぐずぐずしていた。大阪へ戻りたくない、ずっと沙名子と一緒にいたいと言った。太陽なりに苦労があるらしい。気持ちを切り替えて天天コーポレーションの次期エースに戻れと言ったら、しぶしぶ荷物をまとめて、夜の新幹線で帰っていった。

結婚するからといって甘えんなと思うが、やっと甘えられたのかもしれないとも思う。太陽はあれで周囲に常に気をつかっている。これを許すか許さないかが問題だ。……おそらく許してしまうだろう。

制服をやめようかな、とふと思った。

制服は私服が汚れなくて済むし着るものを考えなくていいので楽だが、少し飽きてきた。

経理部主任として外部と接することもある。いつまでも着続けるわけにはいかない。

「おはようございます」

「おはようございます、森若さん」

経理室はいつも通りだった。

涼平がポットの準備をし、真夕が郵便物の仕分けをしている。連休明けなのでいつもより多いようだ。勇太郎はデスクでPCに向かい、美華は書類のチェックをしながらテイクアウトのコーヒーを飲んでいる。

「森若さん、希梨香から何か言われませんでした？　すみません！」

デスクでPCの電源をつけていたら、真夕が急に謝ってきた。

沙名子は軽く首をかしげて真夕と向き合う。

「希梨香ちゃん？　何も言わなかったけど」

「なんか変なこと言ってるんですよ。山田太陽さん、大阪情報だと結婚は確定みたいなんですけど、相手は森若さんだって。希梨香が騒ぐもんだから、そういえばドトールでお茶飲んでるのを見たとか、品川駅をふたりで歩いてたとか言い出す人が出ちゃって。もうみんな適当で困っちゃいますよ。あたしが厳重注意しときましたから」

真夕は困ったように早口になった。郵便物を各人に配り、連休明けに出すばかりになっている請求書を取り出している。

「希梨香、最近ストレスたまってるんですよ。緑さんのお子さんがインフルエンザになって、希梨香が急に出張行くことになったじゃないですか。それですごい忙しくて。でも、よりによって森若さんと山田太陽とか。あることないこと言うの、やめてほしいですよね」

「――本当です」

沙名子は言った。

希梨香が疑い出したならごまかすことはできない。できるなら結婚するまで秘密にしておきたかったが諦めるしかない。さすが希梨香、あっぱれと言いたいくらいだ。自分もここまでよく頑張った。

「え？」

真夕が言った。

美華と涼平が顔をあげる。勇太郎はやや落ち着きなく沙名子に目をやり、すぐに視線をPCに戻す。

「まだ先だけど、わたしは山田太陽さんと結婚します。仕事とは関係ないから、大騒ぎはしないでね」

沙名子は真夕に向かって言った。

真夕は目を見開き、数歩あとずさった。

珍獣か。そこまで驚くことはないだろうと思っていたら、美華がすっと立ち上がった。

「おめでとうございます、森若さん」

美華は穏やかに言い、右手を差し出す。

沙名子は立ち上がり、美華の手を握り返した。

「ありがとうございます、美華さん」

「そうなんですか、ぜんぜん知りませんでした。社内結婚なんですね。おめでとうございます！」

「ありがとうございます」

涼平に礼を言い、ふと真夕に目をやると、真夕はあとずさったままの姿勢で沙名子を見ていた。

「おめ……おめでとうだけど、すっごくおめでたいけど、森若さん！　そんな！」

真夕はうめくように言った。

いつも無邪気な真夕らしくもない。真夕は社員の結婚や子どもの話が好きだと思っていたので意外である。

「なんで山田太陽……いや、嘘《うそ》です、おめでとうございます！　太陽さんいい人です！　でもなんでー！」

真夕は叫ぶように言った。コインケースと請求書をつかみ、経理室を飛び出していく。こんなときでもコーヒーを買うなら請求書を出すついでにする、それが真夕である。

就業開始時刻になっていた。沙名子はいつもと同じように経理システムを稼働し、仕事にとりかかる。太陽は今ごろ何をしているだろうとふと思った。

エピローグ　～怒る真夕ちゃん～

真夕《まゆ》が戻ってくると、沙名子《さなこ》はいなかった。

真夕はデスクにシアトル系コーヒーの紙コップを置き、席につく。

コンビニのコーヒーを買うつもりだったがおさまらなかった。郵便局のポストまで行くついでだったのに、つい駅前まで歩いてしまった。

「森若《もりわか》さんは？」

「銀行と駅です」

涼平《りょうへい》は平坦に答えた。

いつのまにか新発田《しばた》部長も席にいて、経理部は沙名子以外の全員がそろっていた。四人とも何事もなかったかのように机に向かって仕事をしている。真夕はそのことにわけもなく怒りたくなる。

なぜそんなに冷静になれるのだ。沙名子が結婚するんだぞ。

あの山田太陽《やまだたいよう》と！

「あ、それから森若さんから。結婚のこと周りに言わないでくださいって」

真夕の心を読んだかのように、涼平が付け加えた。

「訊《き》かれたら否定はしなくていいけど、大げさにしたくないんだそうです。お祝いとかも要らないとのことですが、そういうわけにはいかないですよね。こういうの、佐々木《ささき》さんに相談したほうがいいと思って」

「本人が辞退しているんだから不要ですよ。わたしは差し上げるつもりはありません。森若さんはプライベートと仕事を分ける人ですし、かえって迷惑です」

美華《みか》が口を挟んだ。

「でも、まったく仕事と関係ないってわけにもいかないだろうし」

「仕事に関わるというのならば、むしろ相手が営業部で、森若さんが営業担当であるということを問題視するべきでは？　経理部員は公私混同を避けなくてはなりません。もちろん何事もないとは思いますが、担当は外すべきです。そうですね、新発田部長」

「まあ——そうだな。それも含めて人事を考えなきゃならんと思っていて。岸《きし》くんも来たことだし、そろそろ」

新発田部長が口を滑らせ、勇太郎《ゆうたろう》が慌《あわ》てたように遮《さえぎ》る。

「新発田部長、それは」

真夕はびっくりしてふたりの顔を見た。人事異動があるのではないかという噂《うわさ》はうすうす聞いていたが、本当だったのか。

沙名子がいない経理部など想像できない。太陽と結婚するせいで沙名子が異動するというのなら、ますます太陽を恨みたくなる。

「山田さん、大阪営業所勤務なんですよね。結婚したら森若さん、仕事をどうするんでしょうね」

涼平が話を変え、真夕はそっぽを向いた。

真夕が雑談に加わらないので、涼平はあれ？　といった顔をする。

山田太陽が東京本社から大阪営業所に転勤になって一年になる。うるさい男だったので、営業部が少し静かになった。希梨香《きりか》は愚痴《ぐち》を聞いてもらえる男がいなくなったと寂しがっていたが、沙名子はまったく変わらなかった。

大阪への異動は期限つきだった。確か二年か三年。つまり太陽が東京本社に帰ってくるのは、早くて来年の春になる。

なぜ……なぜ山田太陽なのだ……。

真夕は仕事をするふりをして、デスクで何も入れないコーヒーの苦さを噛《か》みしめる。

沙名子に彼氏がいるのは知っていた。言わなくてもわかる。特にこの一年は、休日につなげて有給休暇を取る率が多くなった。時々つけているネックレスとイヤリングは、彼氏に買ってもらったものだと希梨香は断言していた。

誕生日に一粒ダイヤモンドのネックレス、クリスマスにそのネックレスと同じラインのイヤリング。さすが森若さん、彼氏まで完璧だと感心していたのに。森若彼氏への憧れの気持ちを返せと言いたくなる。真夕は山田太陽が細かいテクニックを労して残業時間をめいっぱいカウントしたり、日帰りできるときに帰り時間を不明にして、泊まりの出張処理にしていることを知っている。

沙名子にお祝いはあげたいが、山田太陽にお祝いを言いたくない。――いや違うのか、僥倖《ぎょうこう》は山田太陽のほうである。森若さんを妻にできるとは。

三年ほど前、太陽は森若さん森若さんとうるさかった。間に立てるのが真夕しかいないので、飲みに行こうだの携帯電話の番号を教えろだのとつきまとっていて、断るのが大変だった。

それがいったんおさまって、太陽に彼女がいるらしいと希梨香が少し不機嫌に教えてきたのは一年以上前。仲のいい大阪営業所の事務員、川本《かわもと》花音《かのん》からも、太陽は東京に彼女がいると聞いていた。太陽が自分から言ったのだ。

森若さんには完璧な彼氏がいる。太陽には彼女がいる。つまり、ふたりは絶対につきあっていない。

揺るぎない推論である。そして太陽はつきあっている彼女がいながら、まだ沙名子のことが少し好きらしい。これもありうることである。彼女が可哀相《かわいそう》だと真夕は太陽に憤慨し、だが相手が沙名子なのでは仕方がない、彼女のためにも早く諦《あきら》めろと同情していた。

それなのに、なぜふたりが結婚するのだ。森若さんの素晴らしい彼氏は、太陽の可哀相な彼女はどこへ行った。誰か教えてほしい。

待て。ひょっとしたらふたりは存在しているのかもしれない。太陽が沙名子を諦めきれず、策を弄《ろう》して沙名子と完璧彼氏を別れさせて、可哀相彼女をさらに可哀相に振って、沙名子とつきあったという可能性も。うん、許せん山田太陽。この案を採用したい。山田太陽がそういったややこしいことをするはずがない、森若沙名子がそんな男になびくわけがないというのがネックだが。

そもそも山田太陽はあれで誠実で、好きな女性がいながら彼女を作るわけがないのだ。大阪で写真つきのインタビュー記事が載って、山田さんは独身かという問い合わせが来たとき、恋人がいますと答えていたらしい。

あれは沙名子のことだったのか。山田太陽はもしかして完璧男なのか。出張旅費をごまかす完璧男がいるのか。

そして太陽は仕事ができる。太陽の大阪での仕事、北陸訪問の販路は順調に開きつつある。

ルックスは真夕からしたらよくない。線が太くて化粧映えしない。スーツはよれよれだし、たまに髪もはねているし、繊細さが足りないのだ。しかし希梨香がいいというからにはいいのかもしれない。

性格は悪くはない――これは認めざるを得ない。飲み会で誰かの悪口で盛り上がりそうになると、話を逸《そ》らすのは決まって太陽だ。ビールをこぼしたときなどは率先して拭き、人が落ち込んでいれば慰《なぐさ》める。気難しい取引先のみならず、社内きっての面倒くさい男、鎌本《かまもと》までなつかせているのだから相当である。

太陽は誠実で性格がよくて仕事ができて、ルックスも人によってはいい男なのか。認めたくないが、希梨香はともかく沙名子が認めたものを、真夕が否定することはできない。

沙名子の彼氏としてふさわしくないと思うが、沙名子が選んだものが間違っているわけがない。この二律背反《にりつはいはん》をどう処理したらいいのか。

「――佐々木さん、こんにちは」

太陽を糾弾《きゅうだん》したいのに材料がない。誰か安心して怒れる材料を提供してくれと思いながらプンプンしていたら、経理室に窓花《まどか》が入ってきた。

窓花は総務部の女性である。これまでは庶務担当だったが、年度初めに担当替えがあって、労務管理もやるようになった。三十代だが少女趣味で、会社らしからぬふわりとしたロングスカートとブラウスを着ている。

「窓花さん、こんにちは。伝票ですか」

「お土産《みやげ》のお菓子です。連休中にあちこちに行った人が多くて、お菓子が余っちゃって。皆さんの分どうぞ」

「いただきます」

真夕は窓花からお菓子の箱を受け取った。

中には地方の名産や土地の名前の入ったお菓子が入っている。自分の分として笹《ささ》かまとドラ焼きを取り、涼平にまわす。最近はお菓子配りを涼平がやってくれるので楽である。

「それから今月の勤怠《きんたい》情報ですけど、もう少し待っていただけますか。まだ最終確認が済んでなくて。由香利《ゆかり》さんの体調がよくなくて、お休みを取られているんです」

「えっ、大丈夫ですか」

真夕は思わず言った。由香利は妊娠しているが、産休に入るにはまだ早いはずだ。高齢出産とはいえ安定期だし、お腹《なか》の子は順調だと聞いていた。

「赤ちゃんは問題ないそうです。来ようと思えば来られるけど、旦那《だんな》さんがとにかく心配性なんだって。クッキー持ってきたのびっくりしましたよね」

窓花はおかしそうに笑った。

由香利は一時期ごはんが食べられなくなったとかで、夫が昼休みにお弁当を届けに来ていたのである。それならお祝いを兼ねてパスタを食べに行こうと女性たちで計画していたら、夫がサンドイッチと手作りクッキーを持ってきて、居合わせた真夕たちが挨拶《あいさつ》することになってしまった。由香利の夫は優しそうで、クッキーは美味《おい》しかったし、由香利は困りながらも幸せそうだった。

太陽にあれができるのか。どう考えても太陽は友人たちと遊びほうけて、仕事だ接待だと沙名子に家事を任せそうだ……と思いたい。

もしかして太陽が家事をする男だったらどうしよう。それは困る。完璧な男になってしまう。いや困らないのか。そのほうがいいのか。

「リモートなら仕事ができるそうなので、大沢《おおさわ》部長に話してリモート勤務を検討しています。わたしも完全に任されるのはまだ不安で」

「リモートいいですよね」

真夕は言った。

経理部は総務部とやりとりをする機会が多いが、由香利なら何を任せても安心だった。いないと不安なのは真夕も同じだが、ここは窓花に頑張ってもらうしかない。税務調査では志保《しほ》が末端の担当者だったが、やってみたらうまくいった。

本音を言えば完全リモートは避けたい。真夕は経理室やロッカールーム、あちこちで雑談をするのが好きなのである。仕事の合間にコーヒーを買いに行ったり、会社の帰りにお茶を飲んだり、友達と駅で待ち合わせてライブに行ったりする楽しみもなくなってしまう。

沙名子や美華や勇太郎は、リモートとなれば雑談はまったくしないだろう。それでも通じ合う。それぞれが出した数字でわかりあえるらしいのだが、真夕はまだその領域には達していない。

これればかりは山田太陽にはできないと思って、やっと真夕はほっとした。これからは税務調査が何年かに一回あると勇太郎は言っていた。真夕も昔よりは、この書類が言わんとしていることが読めるようになってきたと思う。

真夕は経理部の仕事を頑張るしかない。これなら勝機はわずかながらある。

「真夕ー？　森若さんいないの」

なんの勝機だと首をひねりながら仕事をしていたら、経理室に希梨香が入ってきた。

経理室に緊張が走った。美華はそっぽを向き、涼平まで横を向いている。勇太郎は普段よりも深くうつむいて仕事をしている。

希梨香が噂好きで口が軽いということは社内に知れ渡っている。真夕以外の経理部員も、沙名子の結婚について少しは考えているのだなと思う。

「今、外に出てるよ」

真夕は身構えながら希梨香の伝票を受け取った。

伝票は出張精算だった。東北方面の販路で、販売課と企画課が協力して天天石鹸《てんてんせっけん》スペシャルパッケージを作ることになったのだ。メイン担当は同じ企画課の緑《みどり》だが、実質、希梨香がやっている。緑は子どもの学校の関係で、思っていたよりも自由の時間が取れないらしい。

緑を責めるわけにもいかず、希梨香はぶつぶつ言いながら仕事をしている。こういうときガス抜きをしてやるのは同期社員の役割だと思うが、今は真夕もそれどころではない。

「そうかー。真夕は聞いた？　例の話」

来るだろうと覚悟していたら、希梨香は当然のように切り出してきた。

「知りたいなら自分で聞いて。伝票はＯＫです」

「真夕なら知ってると思ったのに！　太陽、連休前に森若さんと一緒に営業部行ったじゃん。そのあとで吉村《よしむら》部長とふたりで飲みに行ったんだって。鎌本も行くって言ったんだけど、断られたんだって。吉村部長って森若さん好きだよね。次の日、めっちゃ機嫌よかったって」

「なんでそんなこと希梨香が知ってるの」

「鎌本から聞いた。鎌本が太陽にＬＩＮＥ《ライン》して、まさか森若さんとつきあってるんじゃないだろうなって訊いたら、返事なかったって。だから森若さんのわけないって。何言ってんだろ。返事ないってことは、そういうことだっての。絶対結婚するでしょ」

「希梨香、声大きいから。外行こう」

希梨香の声は経理部中に響き渡っていた。真夕は伝票の処理を急いでやり、希梨香を外に連れ出す。新発田部長もわかってくれるだろう。

「だってそうなんでしょ？」

希梨香は廊下に出るなり、真夕に言った。

「――そうだけど、広めないでよ」

希梨香を階段の踊り場に連れ出して、真夕は言った。ここは諦めるしかない。希梨香に隠せるわけがないし、あちこちを探られて、あることないことを広げられるよりもマシである。

希梨香はわざとらしく口に手を当て、深くうなずいた。

「だよねー。そうだろうと思ったんだよね。これでこの一年くらい、おかしいと思っていたことのつじつまが合うわ。森若さんて、太陽が転勤になったときに動揺してたよね」

「そうだっけ。覚えてないよ」

「してたよ。森若さんでも気になるんだなって思った。でも考えてみたら意外とお似合いだよ。太陽、あのおっぱい大きい女にひっかからなくてよかった。ちなみに森若さんに、太陽はいいよって教えたのはあたしなんだよね。だからちょっと感謝してもらいたい」

希梨香は意外と冷静である。噂話なら盛り上がるが、確定すると逆にテンションが下がるのだ。由香利についても、あれこれと妄想して批判していたときは楽しそうだったが、事実を知ったとたんにおとなしくなった。

「感謝するのは太陽さんでしょ。あたしは森若さんにはもっといい人いると思う」

「いやーなかなか社内にはいないよ。山崎《やまざき》さんくらいかな」

「あたしは山崎さんの顔覚えてないからノーコメント」

「ちなみに真夕なら社内でいい人って誰よ」

「製造部の鈴木宇宙《すずきうちゆう》さんとか」

「ええーコスモって爬虫類《はちゆうるい》っぽいじゃん」

ロッカールームのノリでうっかり口を滑らせてしまった。危ない危ないと思っていたら、エレベーターホールから声が聞こえてきた。

「――絶対にありえないって。二百パーセントありえない！　だって太陽には女子高校生の彼女がいるじゃん。何が悲しくて三十代の女と結婚するんだよ。そこにいい店があるのに、食べ残しをディナーにするようなもんだろ」

鎌本である。話している相手は同じ販売課の後輩、立岡《たちおか》らしい。思わずカッとなって階下に行きかけると、希梨香が手を出して真夕を制した。

「食べ残しっていうのはひどいよ」

立岡が珍しくむっとしたように言い返している。

立岡の恋人は沙名子と同い年だ。それは鎌本も知っているはずである。

「森若は腹黒いんだよ。もし本当なら太陽は騙《だま》されてる。とにかく、結婚なんてあるわけない。太陽は俺のＬＩＮＥに返事しなかったんだから。スタンプ返してきただけでさ」

鎌本は早口で言いながらエレベーターに乗る。さすがに怒って希梨香を見ると、希梨香は哀《あわ》れむようなしたり顔でうなずいていた。

「――鎌本、森若さんが好きだって本当だったんだね」

希梨香は言った。今のでなぜ鎌本が森若さんを好きだという結論になるのだ。

しかし反論はできない。希梨香は恋愛の経験値が高いので、真夕には見えないものが見える。

鎌本が沙名子の悪口を言うのが好きだからだとしたら、不幸な体質である。

沙名子はひそかに営業部員の人気者だ。誰かとくっつくなら、まだ山田太陽でよかったと思わざるを得ない。

「亜希《あき》さんから聞いたけど、鎌本、森若さんが三十歳になったら交際申し込んで、交際ゼロ日で結婚するつもりだったらしいよ。冗談だよねって亜希さんは言ってたけど、案外本気だったのかも」

「なんで三十歳？」

真夕は尋ねた。希梨香は耳ざといが、そういう話を鎌本から聞き出せる亜希もなかなかの強者である。

「わからない。焦ると思ってたとか。森若さんのこと営業部に話していい？」

「ダメって言っても話すでしょ」

「当たり前じゃん。どういう順番で回ろうかな。鎌本面白いから最後にしよう」

希梨香のモードが変わっている。さきほどの冷静さから一転して、獲物を見つけたハンターの顔になっていた。死にかけの獲物にとどめを刺さずに楽しむ気である。希梨香もおそらくリモート勤務には反対だろうと関係ないことを考えた。

希梨香と別れて経理室に戻ろうとすると、山崎が経理室から出てくるのが見えた。

「こんにちは、佐々木さん。森若さんは外出中なんですね」

山崎は相変わらず前髪が長い。しかもサラサラストレートの茶髪である。三十代半ばの営業マンとしてはどうなのだ。シャンプーは何を使っているのか。サロントリートメントをしているのか。根元で切ってしまいたい。山崎と会うと、そのあたりが気になって話が頭に入ってこない。

「駅と銀行に行っているだけだから、すぐに帰ってくると思います」

「太陽と森若さんの話は聞きましたか？」

「直接本人に訊いてください。あたしからは言えないです」

「太陽に対して怒る材料があればいいですが、そうでないのが残念ですね。それとも経理部員は数字でわかりあえるのかな」

「そうですねー」

軽く流して経理室に戻る。

沙名子はまだ戻っていなかった。新発田部長と美華と勇太郎は打ち合わせ中らしく、三人ともにいない。涼平が経理システムに向かい、伝票のチェックをしている。

結局認めるしかないと真夕はぐずぐずと思った。こうなったら記憶を検索して、太陽のいいところを頑張って探そう……といやいや考えていたら、電話が鳴った。内線である。

「はい天天コーポレーション経理部です」

『――佐々木さん？　大阪営業所の山田太陽ですけど』

真夕は受話器を握りしめた。

太陽の声は心なしか余裕がある。ここで電話がかかってくるとは思わなかった。ライバルとも思っていなかった人間に負けた気分だ。

『森若さんいますか？』

「いま外に出ています。用事があるなら社用スマホに電話したほうが早いと思います」

『電話したんだけど、つながらないんですよね。ＬＩＮＥも既読スルーされちゃって。折り返し電話くれるようにお願いできますか』

「――仕事の話ですか」

既読スルーされてるってことは話したくないってことじゃないですかと言いたくなるのをこらえ、真夕は不機嫌に言った。

なんといってもこの男は沙名子の婚約者。未来の夫なのだ。

『そう。向田《むこうだ》所長が、どうしても森若さんと話したいと言うので。ええと……真夕ちゃん、森若さんから聞きました？』

迷ったが知らないふりをするのも白々しいので、真夕はしぶしぶ答えた。

「——おめでとうございます」

『あ、聞いたの！　よかった。はー、やっと素で話せるわ。そういうことだから、これからもよろしくお願いします！』

太陽の声が急に明るくなった。この調子の良さは警戒しなければならない。流されると舐《な》められて、怪しい伝票を押し切られてしまう。

しかし太陽に見る目があることは間違いない。それだけは間違いない。

電話を切ってコーヒーを飲む。もう冷めていた。今日はこの苦さを味わおうとブラックのまま飲んでいたら、沙名子が帰ってきた。

「森若さん、大阪営業所の山田さんから連絡がありました。折り返し電話が欲しいそうです。向田所長が話したいとか」

つとめて事務的に言うと、沙名子はやや迷惑そうに眉をひそめた。

社用と私用、ふたつのスマホを取り出して廊下に向かう。

仕事をしようと思ったが、沙名子が帰ってこないのが気にかかってならず、集中できなかった。沙名子は仕事中に私用のスマホを使わない。

大阪営業所の向田所長のことを考える。女性が好きで、微妙にセクハラのような発言があるのが嫌なのだと大阪営業所の花音がこぼしていた。向田所長と話す前に、沙名子に注意してやったほうがいいかもしれない。

真夕はそっと席を立ち、さきほどまでいた階段の踊り場に行ってみる。

「――はい、これからもよろしくお願いします。残念ながら大阪出張の予定は当分ありませんが、あったらご挨拶させていただきます。――はい」

沙名子は低い声で言っている。遅かったかと思っていると通話を切り、ふうと息をついた。

それから意を決したように私用のスマホを取り出し、ボタンを押す。

待ちかねたようにスマホを耳にあて、話しはじめる。

「――うん、もうわたしの話題は出さないで。大阪出張なんて絶対にしないから。あったらほかの人に変わってもらうからね。――太陽を責めてるわけじゃないの。こういうのが苦手だってだけ。太陽の苦労がわかったよ」

真夕はショックを受けて立ち尽くした。

沙名子が太陽を太陽と呼んだ。

「うん。――ごめんね。いつになる?」

沙名子は私用のスマホを丁寧に耳に押し当てている。太陽が何か冗談を言ったらしく、ほころぶように笑った。

「わかった。待ってる」

真夕はうろたえる。これはまるで彼氏と話す彼女ではないか。いや婚約者か。こんな沙名子を見たことがない。

太陽と話す沙名子は、経理室にいるときよりも幸せそうだ。

急いで経理室に戻ろうとしたら、沙名子がこちらに目をやるのが見えた。真夕は慌ててきびすを返し、何食わぬ顔で自分の席につく。

沙名子が戻ってきた。私用スマホをバッグ、社用スマホをデスクの充電器につなぎ、真夕に尋ねる。

「真夕ちゃん、何かあった？」

「あ、はい。ええと——あたし、森若さんに、言い忘れたことがあったのを思い出して」

「言い忘れたこと？」

真夕は立ち上がった。

沙名子に向かってぺこりと頭を下げ、思い切って言う。

「ご結婚おめでとうございます」

沙名子はあっけにとられていたが、穏やかに答えた。

「ありがとう。といってもまだね。しばらくバタバタするけど、仕事には影響出ないようにするつもりだから」

「いいですよ、影響出たって。大事なときじゃないですか。そんなの気にする必要ないです」

真夕は言った。かたわらにいる涼平が、にこにこして真夕を見ている。

「あたしじゃ頼りにならないかもしれないけど、森若さんにはずっとフォローしてもらっていたから、こんなときくらい、なんでもフォローします。仕事も休みも代わります。森若さん、幸せになってください」

「ありがとうございます」

沙名子は立ち上がり、真夕に礼を言った。

経理室の窓から明るい光が差し込んでくる。自分がひとつ大人になった気がした。真夕は総務部のお土産の笹かまを食べ、ドラ焼きを食べ、冷めたコーヒーを飲み干す。目の端に滲《にじ》んだ涙を拭《ぬぐ》って、大好きな人の幸福を心から祈る。

天天コーポレーション経理部は、今日も平和だ。

※この作品はフィクションです。実在の人物・団体・事件などにはいっさい関係ありません。

集英社オレンジ文庫をお買い上げいただき、ありがとうございます。
ご意見・ご感想をお待ちしております。

●あて先
〒101-8050　東京都千代田区一ツ橋2-5-10
集英社オレンジ文庫編集部 気付
青木祐子先生

これは経費で落ちません！ 11
～経理部の森若さん～

集英社
オレンジ文庫

2023年11月21日　第1刷発行

著　者　青木祐子
発行者　今井孝昭
発行所　株式会社集英社
〒101-8050東京都千代田区一ツ橋2-5-10
電話【編集部】03-3230-6352
【読者係】03-3230-6080
【販売部】03-3230-6393（書店専用）
印刷所　株式会社美松堂／中央精版印刷株式会社

ISBN 978-4-08-680526-1 C0193

集英社オレンジ文庫

我鳥彩子

龍の身代わり

偽りの皇帝は煌めく星を恋う

昏睡状態の皇帝の身代わりを務める
旅一座の看板役者・龍意。
身代わりが露呈する前に陰謀を暴こうと
奮闘する中、後宮の女だけで構成された
歌劇団の人気男役・星羅と懇意になり!?

集英社オレンジ文庫

後白河安寿

招きねこのフルーツサンド

自己肯定感が低い実音子が
偶然出会ったサビ猫に導かれてたどり着いた
フルーツサンド店。不思議な店主の
自信作を食べたことがきっかけで、
生きづらいと感じていた毎日が
少しずつ変わり始める…。

集英社オレンジ文庫

森りん

ハイランドの花嫁

偽りの令嬢は荒野で愛を抱く

異母妹の身代わりとして敵国の
若き氏族長と政略結婚したシャーロット。
言葉も文化も異なる地の生活だったが、
夫のアレクサンダーとはいつしか
心を通わせ親密に…？ 激動ロマンス！